小動物系令嬢は
氷の王子に溺愛される 4

翡翠

ビーズログ文庫

イラスト／亜尾あぐ

目次 contents

ウィリアム・ザヴァンニ
ザヴァンニ王国の第一王子。近衛騎士団の副団長を務めている。『氷の王子様』と呼ばれているが、リリアーナには激甘で……？
リリアーナ・ヴィリアーズ
花よりスイーツが好きな伯爵令嬢。背が低く童顔であることを気にしている。王太子妃の座には一切興味ナシ！
人物紹介 character

ダニエル
ウィリアムの幼なじみ
兼補佐役。リリアーナ
からつけられたあだ
名は『ダニマッチョ』。
ケヴィン
近衛騎士団一の
問題児。別名、
エロテロリスト。
エイデン
リリアーナの弟。
姉を溺愛中。
イアン
リリアーナの兄。
妹を溺愛中。

第1章　予期せぬ再会

東国からの留学生であったクリス・イエルタンが帰国して数カ月。

第三王子であるホセ殿下が学園を卒業し、王太子殿下の婚約者であるリリアーナ・ヴィリアーズの学園生活も、残すところあと一年となった。

貴族令嬢の結婚適齢期が十四歳～十八歳であるザヴァンニ王国では、卒業を待たず結婚と同時に学園を辞めていく令嬢は少なくない。

ベルーノ王国や東国ほどではないが、残念ながらザヴァンニ王国にも男尊女卑の考えを持つ者がまだ多くいるのだ。

当代の国王によって女性の社会進出が少しずつ進み始めているとはいえ、男性に比べて女性の活躍の場はまだまだ少ないのが現状である。

常に仏頂面で笑顔を見せぬ『氷の王子様』と呼ばれていたウィリアムは、女性嫌いでありながらも女性の社会進出には肯定的であった。

というよりも、性別や爵位という括りではなく、個人の能力によって決める『能力主義』だと言えるだろう。

今年で二十五歳になるウィリアムに、少しでも早く結婚して跡継ぎを望む重鎮達は多く、リリアーナを溺愛している彼もまた、本心では一刻も早い結婚を希望していたのだが……。

学園の始業式を三日後に控え、リリアーナは残りの休日を本を読んだり刺繍を刺すなどして、のんびりと過ごしているようだ。

公務に忙しい中、少しばかり空いた時間にウィリアムはいそいそとリリアーナがいるであろう裏庭の四阿へと向かう。

ほんの少しの時間であっても、リリアーナの笑顔が見られるだけで不思議と疲れが吹き飛ぶのだ。

リリアーナを愛でるため、ウキウキしながら向かったのだが……。

「ウィル、学園卒業まで結婚を待って頂くのはダメですか？」

縋るような瞳で見上げてくるリリアーナに『ダメだ』と言える者がいるのならば、今すぐ出てこいと言ってやりたい。

思わず「ダメじゃない」と喉まで出かけた言葉を、ウィリアムは何とか呑み込んだ。

「理由を聞いても？」

愛してやまないリリアーナの願い事であれば、どんなことでも聞いてやりたいとは思う。

だが、リリアーナと婚約してもうすぐ二年。……十分待ったのではないか？

それに今日明日にでも結婚式を挙げようと言っているわけではないのだ。

どんなに急いでも準備に半年は掛かる。

卒業を待っての場合、更に半年長く待たなければならないということだ。

ウィリアムはそれでも卒業まで待たなければならない明確な理由が知りたかった。

その返答によっては、たとえリリアーナのお願いであっても断るつもりだ。

リリアーナはわがままを言っている自覚があるのか、緊張した面持ちでゆっくりと話しだした。

「誤解しないで頂きたいのですが、ウィルとの結婚をしたくないと申しているのではありませんの。ただ……卒業前に結婚した場合、私は学園を辞さねばならないでしょう？　そして直ぐに王太子妃としての公務が始まり、気軽にエリーやクーと会うことは出来なくなりますわ。お茶会や夜会で顔を合わせることは出来ても、今までのように会って話すことは難しいでしょう。であれば、せめて卒業まではエリー達と一緒の時間を過ごしたいのです。エリー達と一緒に卒業したいのです。……やっぱり、ダメですか？」

眉をハの字に下げて悲しそうな顔で見上げるリリアーナに『ダメ』という言葉を突き付けることなど、ウィリアムには出来なかった。

それにリリアーナが言ったことは、わがままのうちにも入らないような可愛いお願いである。

たとえダニエルやケヴィンにヘタレだ何だと言われようとも、ウィリアムはリリアーナのお願いには弱いのだ。

とはいえ、リリアーナは滅多にお願いをしてくれることはないのだけれど。

「分かった。リリーが無事学園を卒業するのを待って、結婚式を挙げるとしよう」

リリアーナは、ウィリアムとの結婚を望んでいないわけではないと言っていた。

彼女の喜ぶ顔が見られるのならば、己の少しくらいの我慢が何だというのだ。

ウィリアムはリリアーナに優しい笑みを向けて頭を撫でる。

溢れんばかりの微笑みを浮かべたリリアーナは、

「ウィル、ありがとうございます。……大好き」

最後は小さく呟き、恥ずかしかったのか少し朱くなった顔を隠すようにウィリアムに抱きついた。

だが、顔は隠せても、真っ赤になった耳までは隠せていない。

……ああもう、本当に婚約者が可愛すぎる！

やはり一日でも早い結婚を……という気持ちを押し込めて、リリアーナのためにウィリアムは重鎮達の説得に走る。

時間は多少掛かったが何とか説得に成功し、結婚式の日取りは『学園卒業式の十日後』

とすることに決定した。

これは今年の社交シーズン最後の王族主催の夜会にて発表される予定である。

ザヴァンニ王国の社交シーズンは十二月過ぎから八月頃までであり、最盛期は四月から六月である。

シーズンを終えると、領地を持つ者は皆自領の本邸へと引き上げていく。

そしてシーズンが始まれば、また王都のタウンハウスへやってくるのだ。

ちなみに自領のない者や学園に通う生徒は、そのまま王都のタウンハウスで生活を続けるか縁者のタウンハウスにお世話になることが多い。

「イアン兄様、どうしたの？」

夜会に出席する日の帰宅は遅いと日にちを跨ぐこともあるイアンであったが、今日はいつもより少し早い時間に戻ったため、弟のエイデンが心配そうに声を掛けた。

そのイアンは、戻って早々に自室のソファーでグッタリとしている。

「ああ、少しばかり令嬢達の香水に酔ってしまってね」

力なくハハハと笑い、大きく息を吐いて肩を落とす。

エイデンはそんな兄の様子に気の毒そうな視線を向けた。

二年ほど前まではザヴァンニ王国の三人の王子のうち、婚約者がいるのは第二王子のオースティンのみであった。

第一王子のウィリアムと第三王子のホセがなかなか婚約者を決めなかったので、その座を狙う高位貴族の令嬢達はいまだ婚約していない者が多かった。

そして必然的に婚約者のいない子息も増えるのである。

とはいえ、一昨年ウィリアムがイアンの妹であるリリアーナと婚約したため、婚約する者達は増えるだろうと思われていたのだが……。

リリアーナを蹴落として自分が婚約者になり代わろうとする者が多く、思ったほど婚約を結ぶ者達の数は増えていなかった。

「コレでいい」と選ばれた婚約者なのだから、自分が取って代わることは容易なはず！

そんな風に思う令嬢が複数いたとて不思議はない。

だが日に日にウィリアムがリリアーナを溺愛する姿を目にするようになり、令嬢達は慌てだした。

唯一婚約者のいないホセに狙いを定める者、諦めて他の子息にターゲットを変更する者に分かれ、後者は婚約者のいない少しでも条件のいい子息へと狙いを定めていた。

その中で特に狙われているのがイアンである。

ヴィリアーズ家の歴史は古くそれなりに裕福で、次期当主になるであろうイアンの容姿はなかなかに整っており、そして妹のリリアーナは王太子の婚約者で王家との太い繋がりを持つことになる。

イアンはホセを除く、今シーズンで五指に入る好物件と言っていいだろう。

そのため夜会へ顔を出す度、お腹を空かせた猛獣の如き令嬢達がイアンの周囲に群がり、最早溜息しか出てこない状況が続いているのである。

「ウィリアム殿下の気持ちが少しだけ理解出来た気がするよ……」

目の中に入れても痛くないほどに可愛いリリアーナを婚約者に選んだ理由が、一番ギラギラしていなかったからだという何とも失礼なものだったので、当時はかなり腹を立てたものだ。……今も面白くはないが。

だが実際、あの令嬢という名の猛獣達を前にしたならば、安全な草食動物を選びたくなるのは当然のように思えた。

特に適齢期ギリギリの、もう後がない令嬢達の必死な姿は筆舌に尽くしがたいものがある。我ながらよくあの中を無事に帰ってこられたものだと、イアンは安堵の息を漏らした。

そんなイアンの様子を見て、エイデンは少しばかり顔を引きつらせて呟く。

「詳しく聞きたいような気もするけど、知らない方が幸せなこともあるよね……」

イアンの耳にもその呟きは聞こえていたが、返事はしなかった。

先ほどの夜会で己を取り囲む令嬢達の姿を思い出し、ブルリと小さく体を震わせる。

父オリバーからの「そろそろ婚約者を」という言葉がイアンに重くのしかかる。

今シーズン中に相手を見つけられない場合、父の決めた相手と婚約しなければならない約束なのだ。

別に政略結婚をすること自体に不満があるわけではない。

貴族とはそういうものだと理解しているからだ。

ただ、せめてあの猛獣のような令嬢達の中からだけは選ばないでほしいと、切に願う。

「なあ、エイデン」

「なに？」

「知り合いに草食系の令嬢はいないか？」

「はいぃ？」

「いや、もう本当にあの猛獣のような令嬢達は勘弁願いたいんだよ……」

イアンは心底疲れたように俯いて両掌で顔を覆い、大きく息を吐いた。

エイデンは「ああ」と納得したように頷きつつ、苦笑を浮かべる。

「いや、もしそんな令嬢がいたら、イアン兄様に紹介する前に僕の婚約者にしているよ」

「……だよな」

イアンはもうしばらく続く社交シーズンを思い、本日一番の深く長い息を吐き出すと共に、頭を抱えた。

「ああ、リリに癒されたい……」

「う〜ん。気持ちは分かるけど、姉様は学園と王太子妃教育で忙しいからなぁ」

リリアーナはウィリアムの婚約者となってから王宮に部屋を用意され、そちらで生活している。

イアンもエイデンもなかなか溺愛する妹（姉）に会えない日々が続いていた。

ガックリと項垂れたイアンであったが、急に何か思い付いたのか「そうだ‼」と勢いよく顔を上げた。

「『子ども達の家』だっ！」

「え？」

突然のイアンの叫びに、エイデンがポカンとした顔をしている。

「前にリリが本邸に戻ってきた時、ヴィリアーズ領に貧困層の子ども達の受け入れをお願いしていただろう？」

「……ああ、薬草栽培の仕事をしてもらうっていう、アレ？」

「そう、アレだ。殿下の協力を得て作った教室で読み書き・計算を教えて、学び終えた子ども達の中から希望者を募り、ヴィリアーズ領内で薬草栽培に従事してもらうという話だ」

エイデンは困惑の表情を浮かべた。

リリアーナに癒されたいという気持ちは自分も同じではあるが、だとしても、だ。

その話とリリアーナに癒される話と、一体何の関係があるというのだろうか。

——昨年、隣国ベルーノ王国の第一王女マリアンヌが、ザヴァンニ王国に二カ月ほど滞在されていた。

ベルーノ王国では数年前の塩害によって薬草を採取出来なくなり、それによって医療費が跳ね上がり、地方の村では多くの幼い子どもや年寄り達が亡くなった。

薬草は摘んで五日以内に加工しないとその効果はなくなってしまう。

そして加工には手間が掛かるため、加工済みの薬はどうしても値段が高くなるのだ。

薬草のまま輸出出来ればよかったのだが、ザヴァンニ王国一の薬草収穫量を誇るダンテ領からでは、ベルーノ王国まで運ぶ間に五日を過ぎてしまう。

心を痛めるマリアンヌにリリアーナが提案したのは、ヴィリアーズ領の薬草収穫量を増やし、輸出することであった。

ヴィリアーズ領からであれば、加工可能な五日までに十分間に合うのだ。

もちろん今すぐに収穫量を増やすのは無理な話であり、数年先を見越した計画ではある。

土地はまだまだ余っており、人手さえあれば今後の収穫量を増やすことが可能だ。

その人手というのが、貧困層の子ども達なのである。

薬草は加工だけでなく栽培にもとても手間が掛かる。

いきなり子ども達に栽培を始めさせたところで、上手に育てることは難しい。

まずは領内の賛同農家の家に住み込みで栽培方法を学びつつ、働いてもらう予定だ。

努力次第でいずれは自分の農場を持つことも可能であり、子ども達は明るい未来に向けて頑張っている最中なのだ――。

「実は、父上からそろそろヴィリアーズ領に移れる子どもが出てくるのではと言われてね。近いうちに『子ども達の家』へ様子を見に行こうと思っていたんだ。リリは時々その教室に顔を出しているようだし？　リリの予定に合わせて行けば、子ども達の様子も見られて、リリに癒されることも出来るだろう？」

一石二鳥と笑うイアンであったが、一体どちらがメインであるのか……。

だがリリアーナに会えると聞いて、エイデンの顔にも満面の笑みが浮かぶ。

「なるほど、それはいい考えだね。僕も一緒に行っていいんだよね？」

「ああ、もちろん」

「そうと決まれば、早速モリーに姉様の予定を確認する手紙を出しておくよ」

「ああ、任せた」

先ほどまでのグッタリしていたはずのイアンはどこへ行ったのかと思うほどに、今はもうすっかり元気になっている。

だがリリアーナに癒されることと子ども達の様子を見に行くことは決まっても、一番大事な婚約者選びのことはすっかり忘れ去られ、根本的な問題は何一つ解決していないのだった。

社交シーズンが最盛期に突入し、ウィリアムとリリアーナもお茶会や夜会に大忙しの日々を迎えていた。

毎日ひっきりなしに届く招待状の山にリリアーナはうんざりしつつも、どうしても参加せねばならないものには招待頂いたお礼の言葉と参加のお返事を、それ以外には丁寧にお断りの手紙を書かねばならぬため、ペンを持つ手首が若干痛む。

そんな日は手首を冷やし、モリーにマッサージをお願いするのだった。

「リリー、無理はしていないか?」

いつものように夕食後に応接室へと場所を移し、横並びに腰掛けた途端にこの台詞である。

ウィリアムが心配そうな顔でリリアーナの手を取り、優しく撫でた。

リリアーナ以上に忙しい時間を過ごしているはずのウィリアムに心配され、思わず苦笑してしまうのは仕方のないことだろう。

今日は手首の痛みがいつもより若干強く、エマ医師に炎症を抑える薬を塗ったガーゼを当てて包帯を巻いてもらっていたのだ。

袖に隠れて見えないだろうと思っていたのだが、きっとどこかで目にしてしまったのかもしれない。

心配を掛けたくなくて黙っていたのに結局は気付かれてしまったと、反省しきりである。

だが招待状の返事は人任せに出来ない大切な仕事のため、社交シーズンが終わるまでは何とか頑張るしかない。

参加不参加にかかわらず、返事の手紙によって相手に与える印象は大きく変わるのだ。手を抜くことは出来ない。

「手首のことでしたら冷やせば大分楽になりますし、痛みが強い時はエマ医師に薬を塗って頂くか、モリーがマッサージをしてくれますから大丈夫ですわ。ご心配をお掛けしてすみません」

申し訳なく思いつつもウィリアムが気に掛けてくれることが嬉しく、締まりのない顔になってしまいそうで慌てて気持ちと口元を引き締める。

「ウィルの方こそ、無理をしているのではないですか？」

王太子としての公務に加え、近衛騎士団副団長としての仕事の他に社交シーズン最盛期の今は、参加しなければならない夜会の数も多い。

王太子妃教育に忙しいリリアーナ以上にハードなウィリアムのスケジュールに、体を壊さないかと、そちらの方が余程心配である。

「視察や書類仕事などはまあ何とかなるが……夜会は正直面倒でしかないな」

眉間に皺を寄せて嫌そうな顔をするウィリアムに、リリアーナはクスリと笑う。

「私も夜会は面ど……あまり得意ではありませんわ」

つられて面倒くさいと言いかけたリリアーナに、今度はウィリアムがクックッと笑った。

そしてリリアーナの右手を取って恋人繋ぎをしたまま、ウィリアムはその手を己の口元へ寄せて甲へ口付けると、

「リリーと一緒でなければ、誰が面倒な夜会などに参加するものか」

蕩けるような笑みを見せる。

リリアーナは恥ずかしそうに視線をフイッと逸らしはするが、繋いだ手を解くつもりはないようだ。

嫌がられていない様子に、ウィリアムの微笑みが次第にいたずらなものへと変わった。

「リリー？　リリーは私と一緒に夜会に出るのは嫌かな？」

何やら楽しそうなウィリアムに顔を覗き込まれ、リリアーナは羞恥に朱く染まった顔を隠すように俯きながらボソボソと呟く。

「夜会はあまり得意ではないですが、その、ウィルと一緒にいられるのは、嬉しい、です……」

無理やり言わせた感はあるが、こうでもしなければリリアーナは恥ずかしがってなかなか自分の気持ちを言葉にしてくれないのだから、仕方がない。

まあ、そんなところも可愛くはあるのだ。

ウィリアムは満足そうに頷いて、

「ありがとう。私もリリーと一緒にいられて幸せだ」

まるで子どものように喜びを隠さず、あどけない笑みを浮かべた。

本日はウィリアムと一緒に出席する夜会の日。

ゆっくりと進む馬車の中で、ウィリアムは向かい合うのではなく当然のようにリリアーナの隣に座っていた。

「ウィル、あの、狭くないですか？」

おずおずといった様子でウィリアムに問い掛けるリリアーナに、

「全然大丈夫だ」

そう言いながら、彼女のハーフアップにされた髪のひと房を手に取り、口付ける。

驚いて離れようとしたリリアーナを素早く持ち上げると、ウィリアムはひょいと自らの膝の上に乗せた。

「んなっ！」

ウィリアムがリリアーナを膝に乗せることなどほぼ日常茶飯事と化しているのだが、人目のない応接室以外でのそれは、何とも落ち着かないらしい。

馬車の中も人目がないと言えるが、応接室に比べて空間が狭い分、密着度が非常に高く感じる。

何とかして膝から降りようとジタバタするリリアーナに、ウィリアムが注意する。

「リリー、ほら、危ないからジッとしていて」

だが注意されたことが不本意なようで、リリアーナは頰をプクッと膨らませてウィリアムをジト目で睨み付けるが、全く迫力などない。

むしろ可愛らしいだけである。

そんなリリアーナの頰に軽く触れるだけのキスをすれば、彼女は瞬き一つして何が起こったのかを理解すると、顔を朱くしてワナワナと体を震わせた。

そんな様子にウィリアムは、

「真っ赤になって可愛いな」

頬を指先でツンツンして笑うのだった。


本日の夜会はアントン公爵が主催のもの。

さすがは公爵邸。王宮ほどではないが、門を潜れば正面に立派な邸宅がその存在感を放っている。

広い庭園には所々に篝火が焚かれ、浮かび上がる花々がとても美しく幻想的に映る。

馬車停めに着くと、先に降りたウィリアムは軽く微笑みながらリリアーナに手を差し伸べた。

リリアーナは少し恥ずかしそうに笑みを返し、小さな手をウィリアムのそれに重ねてゆっくりと馬車を降りる。

招待客達はすでにホールへと向かってしまったのか、人の姿はほとんどない。

ホールから微かにだが、軽やかなテンポのワルツが風に運ばれて耳に届く。

二人がそちらへと歩を進めている途中で、ウィリアムはリリアーナの耳元に顔を寄せて甘く囁いた。

「リリーのこんなに可愛らしい姿、他の男共には見せたくないな。やはり帰ってしまおうか？」

「んなっ、何をっ……」

エスコートによって片方の手は塞がっているため、囁かれた方の耳を空いている手で塞ぎ、顔を真っ赤に染めながら口をパクパク開閉するリリアーナ。

ウィリアムは思った通りのその反応に、満足そうに口角を上げた。

リリアーナが纏うドレスは淡いグリーンのシフォンが可憐なエンパイアラインのドレスで、胸元のビジューが繊細な輝きを生み出しつつ、高級感を引き立たせている。

そのビジューを邪魔しない短めのネックレスとイヤリングは、ウィリアムの金髪を意識して黄色いインペリアルトパーズを合わせたことが分かる。

ウィリアムにとってそれはとても嬉しいことであったが、ドレスや宝石を選んだのが自分ではなくソフィアだということが、少しだけだが納得がいかなかった。

リリアーナのドレスは自分が選んだものを贈りたいというのに、いつもソフィアが先回りして用意してしまうのだ。

とはいえ、嬉しそうにドレスを選んでいる母の姿を目にすれば、文句も言えず。それに、悔しいがソフィアの選ぶドレスはどれもこれもリリアーナに非常によく似合うものばかりなのだ。

これはきっと孫が出来るまでは自分が我慢するしかないのだろうなと、ウィリアムは嘆息を漏らさずにはいられない。

「ウィル？　どうかなさいました？」

不思議そうな顔をして小首を傾げながら聞いてくるリリアーナが可愛い……ではなくて。

一体自分は今、何を考えていた？

当たり前のように、リリアーナとの子どものことを想像していなかったか？

口元が緩み何とも言えないこそばゆい感じに、思わず口元を隠すように掌を当てた。

少し前までは女嫌いの『氷の王子様』だなどと噂されていた自分が、変われば変わるものだと思う。

だが、それも悪くないと思う自分がいた。

「いや、何でもない。さあ、挨拶に行くとしようか」

クスリと笑いつつ、リリアーナを連れて本日の夜会の主催者であるアントン公爵夫妻のところへ向かう。

アントン公爵は人望のある物静かな当主ではあるが、なかなか子宝に恵まれずようやく授かった一人息子を甘やかした結果、無駄にプライドが高くとんでもなく性格の悪い息子に育ってしまったのだ。

完全なる失敗作と言われる嫡男は、隣国のマリアンヌ王女が来訪した際にパーティーでエスコートした、あのジェームズである。

婚約者が決まらないだけでなく度々問題を起こし、明らかに当主としての資質を持たぬ嫡男に「これ以上領民に迷惑を掛けるわけにはいかない」と、当主はとうとうジェームズに家督を継がせることを諦め、養子をとることにしたのだそうだ。

今夜の夜会は、その義息子のお披露目も兼ねているらしい。

アントン公爵夫妻の横には、ジェームズではなく見慣れぬ若い男性が立っている。

ウィリアムとリリアーナに気付いたアントン公爵は、柔和な笑みを深めた。

「本日は我が家の夜会にご参加頂き、ありがとうございます」

嫡男ジェームズのことでかなり頭を悩ませていたようだが、一族の中でも優秀な子爵家の三男を養子にし、跡継ぎとしてのお披露目を無事に迎えられたことに安堵しているのだろう。

一時期は窶れて憔悴しきった表情だった公爵の顔に、穏やかな笑みが戻っている。

アントン公爵から紹介された義息子とも二言三言会話を交わしたが、印象は温和な少年といった感じである。

ぽっちゃりでたれ目の狸顔をしたアントン公爵と違い、細身でスラリと背が高くスッキリとした目鼻立ちの彼は、容姿は違えども嫡男のジェームズよりも余程血の繋がった親子に見えるほどに、纏う空気が似ていた。

この二人であれば、きっと協力し合ってうまく領地を治めてくれるだろう。

挨拶を終えると、途端にウィリアムとリリアーナの周りには挨拶と機嫌伺いにたくさんの貴族が集まってきた。

今日の主役はアントン公爵の義息子なのだからそちらへ行けばいいのに、と心の中で嘆息を漏らしながらもそつなく挨拶を交わしていく。

リリアーナも淑女の笑顔で時折相槌を打っている。

キリのいいところで断りを入れて、二人は飲み物を取りに向かった。

「リリー、ほら」

ウィリアムは二つ手に取ったグラスの一つをリリアーナに渡す。

リリアーナには果実水、自らにはワインを選んだ。

「ありがとうございます」

リリアーナはニッコリと笑顔を見せると、あっという間にグラスを空にしてしまった。

余程喉が渇いていたのだろう。

あのタイミングで抜け出せて本当に良かった。

ウィリアムもグラスを傾け喉を潤すと、空になったグラスを使用人に渡し下げてもらう。

「面倒な挨拶も終わらせたことだし、ここからは楽しむとしよう」

ウィリアムが少しかがんでリリアーナの耳に顔を寄せて楽しそうに言うと、クスリと笑ってリリアーナは「ええ」と答えた。

「軽食をつまむのとダンスをするのと、どちらが先がいいかな？」

リリアーナは少しだけ考えて、

「ダンスの後に軽食にしませんか？」

どうやら食事は後に取っておくことにしたらしい。

「了解、お姫様」

ウィリアムはおどけたようにそう言うと、リリアーナの手を取ってダンスエリアへと足を向けた。

タイミングよく、流れていた曲が終わる。

そして音楽が変わると同時に、二人は揃って軽やかに一歩を踏み出した。

流れるようにくるりと回る度にリリアーナのドレスの裾が美しく広がり、ウィリアム色のネックレスとイヤリングがシャンデリアの光をキラキラと反射して人々の視線を惹き付ける。

「リリー、今日も妖精のように可愛らしいな。ドレスもとてもよく似合っている」

ニッコリと、本日何度目になるのか分からない褒め言葉を告げるウィリアムにリリアーナは苦笑を浮かべるが、次の言葉で思わず噴き出しそうになる。

「だが次は、次こそは私が作らせたドレスを着て一緒に踊ってほしい」

鍛え上げられた大きな体躯をしたウィリアムの、拗ねたような言い方がとても可愛らしく、クスクスとリリアーナの笑いが止まらない。

ドレスの件では、毎回のようにソフィア妃殿下とどちらがリリアーナのドレスを作るかで揉めているのだが、いつもウィリアムが負けている。

ウィリアムの言う次がいつになるのやら、そんなことを考えながら楽しそうに踊るリリアーナを、ウィリアムは優しい笑みを浮かべながら愛しげに見つめていた。

リリアーナがふと思い出したように「そういえば」と話しだす。

「近いうち、イアン兄様達と『子ども達の家』に行って参りますわ」

「一緒に行くのか?」

「ええ。お父様が、そろそろ子ども達を領地に迎え入れてもいい頃じゃないかと言っていたらしくて。イアン兄様もエイデンも、『子ども達の家』に行くのは初めてですから、待ち合わせて一緒に行くことにしましたの」

「そうか。ならば近いうちにルークはヴィリアーズ領へ向かうことになるだろうな」

「ええ。ルークはとても優秀ですし、誰よりも真面目に頑張っておりましたから。きっと、一番に選ばれると思いますわ。ですが……少し寂しくなりますわね」

ルークは『子ども達の家』で一番年長であり、しっかり者の彼は子ども達のまとめ役をしてくれているのだ。

ウィリアムもリリアーナも、まだ子どもであるルークに相談に乗ってもらうなどの世話を焼いてもらっていたため、彼がいなくなるのは大分寂しく感じることだろう。

ここで曲が終わったのだが、ウィリアムはリリアーナの手を離さない。

とても楽しそうに踊るリリアーナをもう少し見ていたかったのだ。

「リリー、もう一曲踊ろう」

「はい、喜んで」

嬉しそうに答えたリリアーナに、彼女も楽しんでくれていることが分かりホッとする。

今度の曲は先ほどよりも少しテンポの早い曲であった。

少しばかり難しいステップも難なくこなし、何ならもっと難しいものでも大丈夫とばかりに無邪気(むじゃき)な笑顔を見せるリリアーナにつられて、ウィリアムも心からダンスを楽しんだ。

続けて二曲踊り終わると、二人は挨拶をしてダンスエリアからブッフェの方へと足を向ける。

「疲れてはいないか？」

「ええ、大丈夫ですわ。ウィルと踊るのはとても楽しかったです」

「そうか、それはよかった。私もリリーと踊るのはとても楽しい」

仲睦(なかむつ)まじい会話を交わす二人であったが、何やらホールの入り口付近が騒(さわ)がしいことに気付いてそちらに視線を向ける。

人が多く、ここからでは何が起こっているのかは分からない。

「何だ？」

せっかくの良い雰囲気を邪魔されたことに若干苛立ちを隠せず、ウィリアムが眉間に皺を寄せて見ていれば――。

「邪魔だ、どけぇぇぇ！」

何者かの怒鳴り声と女性の甲高い悲鳴が上がり、次第に向こう側からこちら側に向けて人の波がパックリと割れて道が出来始める。

「警備の者達は何をしているんだ！」

ウィリアムは舌打ちをしながらリリアーナを庇うように前に出た。

そこに現れたのは、髪を振り乱し目を血走らせた男。

演奏は止み、ダンスを楽しんでいた者達も止まって視線を騒がしい方へと向けている。

「あれは……ジェームズか⁉」

アントン公爵の驚いたような声が聞こえた。

なるほど、言われてみればジェームズに見えなくもない？

だが男の頬はこけて無精ひげを生やし、着ているものも少々薄汚れて見える。

視線の先にいる男が、プライドだけは人一倍高く、自分より低い身分の者には蔑みの目を向けていたあのジェームズだとしたら、一体何があったというのだろうか。

ウィリアム達の後方にいたアントン公爵夫妻と義息子を視界にとらえた男は、懐からナイフのようなものを取り出すと意味の分からない叫び声と共に駆け出した。

ナイフを目にした淑女達が、あちらこちらで悲鳴を上げる。

逃げ遅れた女性が男に突き飛ばされ、床に倒れた。

「リリー、下がっていろっ‼」

ウィリアムはそう叫ぶと男のナイフを持った腕を掴み、捻り上げて男を床に倒す。

その間五秒、あっという間の出来事。

男は喚き続け、ようやくやって来た警備の者に連れていかれた。

「リリー、怪我はないか？」

ウィリアムが慌てるようにしてリリアーナに声を掛ければ、

「私はウィルが守ってくれましたから。それよりも、ウィルは大丈夫ですか？　怪我はされなかったのですか？」

少し泣きそうな顔で、心配そうにウィリアムの体の隅々までチェックしている姿に自然と笑みが零れた。

「私は平気だ」

「よかった……。あ……」

リリアーナが何かに気付いたように小さく声を漏らす。

ウィリアムがその視線の先を辿ると、そこには先ほど男に突き飛ばされていた女性が呆然と座り込んでいる姿があった。

周りの者達は自らの身を案じるのに精いっぱいで、誰もその女性を助けようともしない。

本来であれば王太子がすることでもないのだが、リリアーナが気にしているようなので、ウィリアムは見兼ねて女性の元へ向かい手を差し伸べる。

女性は混乱した様子のまま差し出された手を取りゆっくりと立ち上がり、視線を上げ――。

「ウィ、ウィリアム王太子殿下⁉　あ、ありがとうございます」

自分を助けたのがウィリアムであると気付き、慌ててお礼の言葉を述べる。

ウィリアムはその顔をよく見て固まった。

（まさか……）

なぜなら目の前でお礼の言葉を口にした女性は、ウィリアムの女性嫌いの原因となった初恋の相手であったのだから。

微かに残る面影に、あの頃のことが一気に、鮮明に思い出され眉間に皺が刻まれていく。

（あの時の……）

思い出したくもないあの忌まわしい記憶は、心の奥底に閉じ込めていたはずだった。

だが、それが解放されてしまった。

……弱く情けなかった、幼い頃の自分。

そんな自分を利用し、周囲から好感を得ようとしていた彼女。

どちらも受け入れたくないほどに忌々しい。

明らかに機嫌が降下していくように見えるウィリアムを前に、女性は震えながら謝罪の言葉を口にした。

「も、申し訳ございません」

悲鳴のようにも聞こえたその言葉に、ウィリアムはハッとしてここがパーティー会場であることを思い出す。

少し先にいるリリアーナが心配そうにこちらを見ていることに気付き、少しだけ冷静さを取り戻して小さく息を吐いた。

「いや、怪我がなくて何よりだ」

まるで泉のようにこんこんと湧き出る苛立ちを必死に抑え付けてから、リリアーナの元へ足を向ける。

「ウィル？　何か……」

リリアーナがウィリアムに話し掛けたその時。

アントン公爵夫妻と義息子が駆け寄ってきた。

「殿下、お怪我はありませんでしたか⁉」

「ああ、大丈夫だが……」

大丈夫という言葉に安堵の表情を浮かべながらも、

「申し訳ございません！」

と叫ぶように言いながら、深く深く頭を下げる三人。

ウィリアムは小さく溜息を一つついた。

「謝罪を受け入れよう。頭を上げてくれ。……して、この騒ぎはなぜ起きたのか、そなたには分かっているのだろう？」

アントン公爵は顔を苦しそうに歪めて「場所を変えて詳細をお話し致します」と小声で言うと、振り返って大きく息を吸い会場内の皆に聞こえるように、

「皆様、お騒がせして申し訳ありません。ウィリアム殿下のお陰で、無事不審者は捕らえられました。騒ぎのお詫びとしまして、隣国より取り寄せました、とっておきのお酒を振る舞わせて頂きます。この後もぜひ夜会をお楽しみください」

そう言って家令に目配せをし、「どうぞこちらへ」の言葉にウィリアムとリリアーナは静かにアントン公爵の後をついていく。

先ほど助け起こされた女性はすっかり存在を忘れ去られており、ウィリアムの後ろ姿を呆然と見送っていた。

案内された部屋はグリーンと茶色で統一された、全体的に落ち着いた雰囲気の部屋だった。

ソファーに腰掛けたアントン公爵の丸い体は、気の毒なほどに縮こまっている。何から話したらいいのか、きっと頭の中で整理しているのだろう。

ウィリアムとリリアーナはアントン公爵の言葉を静かに待った。

やがてアントン公爵はゆっくりと長く息を吐き出すと、まずは謝罪の言葉を述べた。

「この度は不肖の息子ジェームズのしでかしましたこと、深くお詫びを申し上げます」

深くお辞儀をし、おもむろに顔を上げると淡々と話しだす。

「……ジェームズはなかなか子宝に恵まれなかった私達にようやく授かった、たった一人の大切な子どもで、ついつい甘やかして育ててしまいました。その結果『失敗作』と言われ、何とか矯正しようとしましたが、それもうまくいかず。このままジェームズが家督を継げば、領民が不幸になるのは火を見るよりも明らかでしょう。私は領主として、領民を守らなければいけません。断腸の思いでジェームズには領地での蟄居を命じ、優秀と言われていた子爵家の三男を養子に迎え、彼を次期当主とすることに決めたのです。これはきちんとジェームズを育て上げることが出来なかった、私の不徳の致すところであります」

ここでアントン公爵が再度大きく息を吐き出してから、話を続けた。

「先ほどのジェームズのあの様子からして、きっと領地を抜け出してきたのでしょう。私達夫婦がジェームズに甘かったせいか、あれの周囲も甘い者ばかりが揃ってしまい、今回の蟄居に納得していない者もおりましたから。それらの者が領地から抜け出す手引きをしたと思われます。その者達には厳罰を与えると共に、此度の騒ぎを起こしたジェームズは不審者として処罰致します」

ウィリアムとリリアーナは驚きに目を見開く。

不審者として処罰するということは、ジェームズは公爵家とは無縁の者として扱われるということであり、相当重い処罰が与えられることになるだろう。

多くの貴族を危険に晒し、話をもみ消すことはもはや不可能。

公爵家を守るためとはいえ、ジェームズを切り捨てる決断をせざるを得なかった公爵の心痛は察するに余りあるものだ。

ウィリアムはそんなアントン公爵を前にひと言、「そうか」と答えることしか出来なかった。

この件はアントン公爵家に不審者が侵入し捕らえられたと報告されることになり、後にジェームズは領地にて病死と伝えられることになる。

アントン公爵との話を終え、形ばかりに少しパーティー会場へ戻りブッフェで軽くお腹を膨らませてから、リリアーナはウィリアムと公爵邸を後にした。

王宮へ戻る馬車の中で先ほどの意気消沈した様子のアントン公爵を思い出し、リリアーナはポツリと呟く。

「アントン公爵様、大丈夫でしょうか……？」

「ジェームズはどうしようもない人間ではあったが、あんなでもアントン公爵にとっては大切な息子だからな。……時間は掛かるだろうが義息子や領民達が癒してくれるだろう」

「そうですね、時間が解決してくれるのを待つしかありませんわね。それにしても、今回の件で怪我人が出ずに済んで本当に良かったですわ。ウィルに助け起こされた女性も……ウィル？」

リリアーナがウィリアムに助け起こされた女性の話を始めた途端、ウィリアムの顔から表情が突然消えた。

「あの、どうかなさいました？　もしかして具合でも悪くなりましたの？」

明らかに様子がおかしいウィリアムを心配して声を掛けるが、

「大丈夫だ。……何でもない」

そう言いながらも、どう見ても何でもないようには見えない。

無表情だった顔には眉間の皺が深く刻まれ、とても苦しそうな顔をしている。

けれどもウィリアムが何でもないと言っている以上、リリアーナはそれについて何か言うことは出来なかった。

だが、ウィリアムの様子がおかしくなったのはきっと、あの女性が原因だろう。

助け起こした後、ウィリアムが彼女に向けた視線は鋭(するど)く、とても気遣うようなものではなかった。

元々女性嫌いで塩対応のウィリアムではあったが、特定の女性に対してそこまでの嫌悪(けんお)感を露(あら)わにするのを、リリアーナは見たことがない。

――どうしてあんな目で見ていたのだろう？　彼女はウィリアムにとってどんな存在なのか。とても気にはなるが、きっと何か理由があるに違いない。

リリアーナは心配しつつも、ウィリアムに無理に問うことはしなかった。

何となくではあるが、ウィリアムの中で葛藤(かっとう)があり、彼自身がそれをうまく消化しきれていないように感じたのだ。

今リリアーナが問うたところで、きっと納得出来る答えが返ってくるとは思えない。

ならばウィリアムがちゃんと答えられるようになるまで、自らの口で話してくれるまで、信じて待とうと思ったのだった。

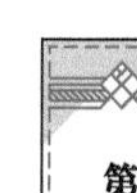

第2章　束の間の安息

学園内の食堂を入って右奥には階段があり、その階段を上った先には王族と王族が認めた者のみが使用出来る特別室がある。

今現在、学園に通う生徒の中で特別室の利用が可能な者は、王太子殿下の婚約者であるリリアーナのみ。

本日リリアーナは友人であるエリザベスとクロエを伴って、裏庭にある四阿でなくその『特別室』でゆったりとランチを楽しんでいた。

特別室を使用するのは数カ月前、留学生のクリスをどうやって無事に東国へ帰国させるかの相談をした時以来である。

室内には重厚なテーブルが三つあり、それぞれに六席程度の椅子がテーブルを囲むように置かれ、繊細なレースのカーテンが掛かった大きな窓からは、噴水と綺麗な花々が見下ろせる。

景色も素晴らしいが、何よりここは王族にとって学園内で唯一人目を気にせず寛げる場所であり、先月卒業したホセ殿下も毎日のように利用していたのだ。

第三王子であるホセの利用は当然として、リリアーナは王太子であるウィリアムの婚約者だから利用を許されているのであって、本来であれば利用出来なかった場所である。

だから何とも気後れしてしまい、きっともう二度と利用することはないだろうと思っていたのだ。

しかし、今日は内緒話をするためにやって来た。

裏庭の四阿よりもこちらの方が誰にも聞かれる心配がないからだ。

そうして今日だけのつもりでエリザベス達を誘ったものの。

まさか近いうちに特別室へ通うことになるとは、この時のリリアーナは思いもしていなかった。


「え？　本当に？　一緒に卒業出来るの？」

エリザベスは驚きつつもとても嬉しそうな顔をして、リリアーナに本当に間違いないのかと確認した。

「ええ。正式な発表はもう少し先のお話になりますので、他言無用でお願いしたいのですが。エリーとクーには私の口から直接お話ししたかったのですわ」

「もちろん言わないわよ！　でも、そっかぁ。一緒に卒業出来るなんて嬉しい！　教えてくれて、ありがとう」

「リリ様が私達を信用してくださることが、とても嬉しいですわ。ありがとうございます。あと一年、一緒に思い出作りが出来るのですね」

　三人は顔を見合わせて楽しそうに笑う。

「それにしても、よくウィリアム殿下が了承してくれたわね」

　エリザベスの言葉にクロエが頷きながら続けた。

「ウィリアム殿下はリリ様を溺愛されておりますから、一日でも……いえ、一分一秒でも早い結婚式を望まれていると思っておりましたわ」

　クロエの『溺愛』という言葉にリリアーナは恥ずかしそうに顔を朱く染める。

「私もそう思っていたから、リリと一緒に卒業するのは正直諦めていたの。……あと何カ月一緒にいられるんだろう？　って」

「エリー……」

　それはリリアーナも思っていたことだった。

　もしウィリアムが、リリアーナの希望を聞かずに己の希望を優先しようとしていたなら。学園で三人が顔を合わすのも、きっとあと数カ月となっていたことだろう。

　そう考えるとウィリアムには感謝の言葉しか浮かんでこない。

　いつもいつも、リリアーナの気持ちを大切にしてくれる彼のことを、同じように大切にしたいと思う。

そのように想える相手と一年後に夫婦となることがとても不思議で、そしてとても幸せで。

ウィリアムと出会う以前は上位貴族の娘として政略結婚を覚悟していたが、出来ることならば両親のように愛ある結婚をしたい、それが無理でも尊敬出来る相手であればと願っていた。

とはいえ、まさか自分が『氷の王子様』と呼ばれる王太子殿下の婚約者になるなんて思ってもみなかったし、ましてやその彼と心を通わせることが出来るなど、想像すらしていなかったのだ。

今となってはウィリアム以外の男性など考えられないし、考えたくもないのであるが。

「実は私も半分諦めておりましたの。宰相様達からの圧力……コホン。なるべく早い結婚をとのご意見が多数ありましたし。ですが、どうしてもエリー達と一緒に卒業したくて、ウィルにお願いしてみましたの。そうしましたら了承して頂けただけでなく、ウィルが宰相様達を説得してくださいましたのよ」

嬉しそうに語るリリアーナに、エリザベスとクロエの顔にも自然と笑みが浮かぶ。

「でも、そっか。一年後にはリリも王太子妃かぁ」

「あら、エリーだって卒業したら結婚されるのでしょう？」

「その予定だけど、まだ日取りなんかは決まってないんだよね。その時には二人にもぜひ来てほしいけど。……リリには難しいかな」

　エリザベスとクロエは仕方がないといった顔をしていたが、

「なぜですの？　絶対に行きますわよ？」

　リリアーナは参加する気満々である。

「え？　いや、でも……」

　エリザベスとクロエが困惑している。

「もちろん大変なことは分かっております。ですが、私にだって譲れないことはありますわ。大切な人達の幸せな日を、私も一緒にお祝いしたいですもの」

「リリ……、ありがとう」

「日程が決まったら、ぜひ教えてくださいませね」

「ええ、必ず。クーも来てくれるでしょう？」

「もちろん、喜んで参加させて頂きますわ」

　三人は顔を見合わせて、ふふふと笑った。

　たとえ頻繁に会えなくなったとしても、立場は変わってしまうとしても、この友情はきっと変わらないだろう。

「ところで」

　エリザベスがズイッと顔を前に出し、

「クーは筋肉様とどこまで進んでいるの？」

瞳をキラッキラさせながら鼻息荒くクロエに質問した。

その隣でリリアーナも興味津々といった風に、エリザベスと同じように前のめりになる。

他人の恋バナが大好きなエリザベスと、恋愛小説を恋のバイブルと呼んでいるリリアーナがこうなっては、もう誰にも止められないだろう。

クロエがダニエルと交際を始めて数カ月。

そろそろ甘～い話も出てきそうなものだと、エリザベスとリリアーナは期待の眼差しを向ける。

「どこまでと言われましても……」

クロエはちょっぴり恥ずかしそうに両手を頰に添える。

「ダニエル様はウィリアム殿下の側近としてとてもお忙しい方なので、残念ながらなかなかゆっくりデートする時間がありませんの。それで、デートとは違いますが週末にお弁当を持って訓練場へ通い、休憩時間に一緒にお弁当を食べながら色々なお話を……」

「色々なお話って、一体どんな話をしているの？」

何といっても付き合いたての二人なのだ。きっと甘々で萌え萌えな会話が聞けるに違いないと、エリザベスもリリアーナも期待していたのだが……。

「効率のいい筋肉の鍛え方についての話を中心に、色々と」

照れたようにそう話すクロエだったが、エリザベスにもリリアーナにもどこに照れる要素があったのか分からず、期待していたような甘々でも萌え萌えでもない内容に、困ったように顔を見合わせた。

筋肉を鍛えることが趣味のダニエルと、ゴリゴリな筋肉が大好きなクロエ。

ある意味では期待を裏切らない二人と言える……のかもしれない。

「効率のいい筋肉の鍛え方、ですか？」

「ええ。まず筋肉は筋トレなどで負荷を与えることで炎症を起こしますの。その後、適切な休息と栄養補給によって今より少し太くて強い筋肉に成長します。これを繰り返すことで立派な筋肉を得られ、理想の体が作られていきますのよ？　ですが、いくら一生懸命に体を鍛えたとて、間違った方法ですと期待したような結果は得られませんわ。効率良く筋肉を鍛えるために気を付けたいのは、一度に全身を鍛えるのではなく、部位ごとに行うことですわね。大胸筋や広背筋、腹筋や足回りなど大きな筋肉から鍛えるとより効果的ですのよ？　それと、毎回同じ鍛え方では徐々に体が順応して筋肉は成長を止めてしまいますから、少しずつやり方を変えて鍛えなければなりませんわね」

眩しい笑顔で詳しく説明してくれるクロエだったが、リリアーナとエリザベスには内容の半分も理解出来ず、筋肉を鍛える予定もないために要らぬ知識と言えた。

だが普段聞き役に徹し、口数の少ないクロエが楽しそうに話しているのを見るのは新鮮である。

「えっと、デートはまだでも、週末にはちゃんと会ってお話し出来るのはよかったね」

「はい、ありがとうございます。ダニエル様は私の作ったお弁当を美味しいと言って、残さず食べてくださいますの。うふふ」

話しながら思い出しているのか、幸せそうに笑うクロエだったが、リリアーナはなぜかクロエの作ったお弁当の中身がとても気になった。

「どんなお弁当か伺っても？」

「ええ。前回お持ちしたのはナッツ入りのパンと、タンドリーチキンと野菜のチーズ焼きと、はちみつレモン水ですわ」

とても美味しそうである。美味しそうではあるが、クロエがただ美味しいだけのお弁当をダニエルに持っていくだろうか？

「あ～、もしかしてそのメニュー……」

「ええ、もちろん筋肉にいいとされているメニューですわ‼」

クロエの眩しいほどの笑みとは反対に、エリザベスとリリアーナが『やっぱり』と引きつった笑みを浮かべていると、扉をノックする音が聞こえた。

「どうぞ」

扉が開き「失礼致します」と中に入ってきたのは、若い二名の食堂スタッフである。彼女達が食事を運んできてくれたようだ。

テーブルの上には美味しそうな食事が並べられていく。

その間もクロエの筋肉愛に溢れたメニューのレパートリーの話が続く。

注文の料理を並べ終えた食堂スタッフ達は、ペコリと頭を下げて特別室を後にした。

「いや～、ブレないね」

「ええ、ブレませんわね」

順調に交際を進めている様子に、エリザベスとリリアーナは安堵の息を漏らした。

「何にしても、クーが幸せそうでよかったですわ」

リリアーナの言葉にエリザベスがウンウンと頷いた後、何かを思い出したように「そういえば」と話しだした。

「昨日の公爵家のパーティー、ちょっと吃驚したよね」

クロエが首を傾げる。

アントン公爵家のパーティーにはエリザベスも婚約者と参加していたが、ゴードン子爵は公爵家との繋がりはないため、招待されていなかったのだ。

「何かありましたの？」

リリアーナが頷きながら答えた。

「ナイフを持った不審者が突然現れて……」

クロエは『ナイフ』と聞いて、顔を青くさせる。

「え？　お二人とも、大丈夫でしたの？　お怪我はありませんでしたか？」

「ええ、ウィルが不審者を捕らえてくれましたから、大丈夫でしたわ」

「そうそう、意味の分からない言葉を叫びながら走ってきた不審者を、あっという間に殿下が捕まえてね？　すごかったんだから！」

無事であったという言葉にクロエは安堵の息を吐き、エリザベスはキラキラした瞳で、いかにウィリアムがすごかったのかを語り始めた。

――捕まったのは、表向きはただの不審者とされている。

アントン公爵の『あれは……ジェームズか⁉』という言葉を耳にしていた者は、ウィリアムとリリアーナ以外にも若干名いただろうが、公的に『不審者』とした者を、表立って否定する者はいないだろう。

なので、リリアーナもあえて『不審者』としているのだ。

「でもさ、ウィリアム殿下ってば途中からものすごく不機嫌じゃなかった？」

「それは珍しいですわね。リリ様、ウィリアム殿下と喧嘩でもなさいました？」

クロエもエリザベスもウィリアムのリリアーナに対する溺愛具合を知っているため、不機嫌といえば喧嘩か男性が不用意にリリアーナに近付いたくらいしか思い浮かばないのである。

「いいえ、喧嘩などしておりませんし、ウィル以外の男性と踊ってもおりませんわ」

「え？　ですが、ウィリアム殿下は不機嫌だったのでしょう？」

　クロエが更に首を傾げる。

「うん、そうなの。こ～んな風に眉間に皺を寄せちゃってね、何だか昔の『氷の王子様』を見ているみたいだったわ」

　エリザベスが自らの眉間に人差し指で皺を作り、ウィリアムの真似をする。

　微妙な物真似にリリアーナは苦笑を浮かべつつ、その時のことを思い出して小さく溜息をついた。

「ええ。確かにあの時のウィルは、私の目から見てもとても苛立っているようでしたわ。不審者に突き飛ばされた女性に手を貸して、それから急に様子がおかしくなりましたの。なぜかその女性に剣呑な眼差しを向けておられて」

　クロエが不思議そうな顔をしている。

「剣呑な眼差し、ですか？　物語などでよくありますのは甘い眼差しですが、剣呑な眼差しというのは、あまり穏やかではありませんわね？」

「ええ。あのようなウィルを見たのは初めてで……。もしかして、彼女と何かあったのかもしれません」

「う～ん。確かにウィリアム殿下って女性には塩対応だけど、何もないのに睨むような方ではないものね。そんなに気になるなら、本人に聞いてみたら？　『お知り合いですか？』って」

リリアーナは、エリザベスの言葉に困ったように首を横に振った。

「気にはなりますしウィルのことが心配ではありますが、話してくれるのを待ってみようと思いますの」

「……無理してない？」

リリアーナの、なかなか弱音を吐かずギリギリまで我慢してしまう性格を知っているエリザベスとクロエは、心配で仕方がない。

そんな二人を安心させるかのようにリリアーナが笑顔で答える。

「ええ、大丈夫ですわ。私はウィルを信じておりますから」

そう言われては、エリザベス達もこれ以上あれこれ言うことは出来ない。

「そっか。いつでも相談に乗るから、無理だけはしないでね」

「ありがとうございます。頼りにしておりますわ」

幕間 ◈ 食堂スタッフの憂鬱

「それにしても、特別室って王族が使うだけあって豪華よねぇ。私、今日初めて特別室に入ったわ」

特別室から見下ろせる噴水の側のベンチに腰掛けて、食堂で働くスタッフのルナは賄いのサンドイッチを美味しそうに頬張りながら、同じようにサンドイッチを頬張るベラに言った。

「そりゃあ、特別室の担当はベテランスタッフの仕事だもの。本来なら私らに回ってくることなんてないわ。王子様が卒業するまでは毎日特別室を使われていたから、必ず一人はベテランスタッフがいるシフトになっていたけど。王太子殿下の婚約者様は特別室を使われないだろうって、一部のベテランスタッフ達が適当にシフト組んだお陰で、今日みたいに私らが特別室に入れただけよ。今後のシフトは当然見直されるだろうから、私らが特別室に入ることはもうないと思うけどね」

呆れたようにそう言いながら、ベラは最後のサンドイッチを手に取る。

昼休みが終わり、学生は午後の授業を受けている時間。

この時間が食堂で働くスタッフ達のお昼休憩時間となっている。

先に食べ終えたルナは、落ち着きなく幼子のように足をプラプラと揺らしながら、

「世界が違うって感じよね～」

と言った。

ベラは最後の一口を飲み込み、眉間に皺を寄せる。

「興味を持つのはいいけど、もう二度とさっきみたいなことするのはやめてよ？」

「さっきみたいなこと？」

ルナは何のことか分かっていないように首を傾げる。

「盗み聞きのことよ！」

ベラは大きな溜息を一つついて、ジロリとルナを睨み付けた。

「ああ～、それね。だって、興味あるじゃない？　雲の上の人達が、普段どんな会話をしているのか」

全く悪びれない様子のルナに、ベラは諦めたように、だがしっかりと注意をする。

「気持ちは分かるわよ？　でもね、見つかったら大変なことになるの。本当に、もう二度とやめてね？　あなた一人がクビになるなら自業自得で済むかもしれないけど、私まで巻き添えをくらってクビになるのはご免だわ」

学園の食堂スタッフという職は、募集をかけてもすぐに埋まってしまうほどに人気が

高い。

王国の将来を担う貴族や裕福な商人の子息令嬢が通う学園であるため、マナーの研修やら禁止事項が多いなどの面倒なところもあるが、何と言っても他の仕事に比べてお給料がいいのだ。

それに、寮はないが賄いも出る。

運良く子息令嬢に気に入られた場合、執事やメイドとして直接雇われることもあると聞けば、応募が殺到するのも頷けるというものだ。

ベラも先輩スタッフと同じように、いずれ結婚して子どもが生まれてもここで働きたいと思っている。……まだ相手はいないが。

ここでスタッフとして働く者は、好条件故になかなか職を辞することがなく、もちろんベラも辞める気など更々ない。

ルナは強運の持ち主なのか、なぜか前回の募集で採用されたのだが、子息令嬢の通うこの学園で働くということに対しての自覚がとにかく足りないのだ。

巻き込まれては困るとベラは距離を置こうとするのだが、不思議と彼女に気に入られてしまったらしく、行動を共にしていることがほとんどで。

いつか、彼女がとんでもないことをしでかすのではないかという予感をひしひしと感じており、気付けば溜息ばかりついている自分がいた。

そんなベラの気持ちなど知らないとばかりに、

「ベラだってさぁ、私が盗み聞きした話の内容、気になるでしょ？」

とニヤニヤしている。

これはベラがどうというよりもルナが話したいだけだろうと思うのだが、この手の話はこちらが聞くまでしつこく言ってくるので、適当に聞き流すことにした。

「はいはい、で？　何を聞いたの？」

「ふふ～ん、やっぱり気になるんじゃな～い」

ベラはイラッとするが、ルナには何を言っても無駄なのだ。

無言で噴水に視線を向けていれば、案の定ルナは得意げに話しだした。

「全部が聞こえたわけじゃないんだけどね？　何かね、王太子殿下には他に気になる女性がいるみたいなことを言ってた」

「はぁっ⁉」

ベラは思わず大きな声を上げてしまい、慌てて口を手で押さえた。

その様子を見て笑い転げるルナに注意する。

「それ、絶対に誰にも言ったらダメだからね！　そんなの誰かに聞かれて噂になんてなったら、職をクビになるどころか物理的に首が飛ぶわよっ‼」

「そんな大げさな～」

「大げさなんかじゃないわよ！　そんな話、何で軽く口に出せるのよ！」

ルナはどれだけ重大なことか、全く理解していない。それどころか、

「後は夜会で他の女性を見てたとか、氷の王子に戻ったとか」

などと笑いながら続ける始末。

ベラは真っ青になりながらも、

「いい加減にしてちょうだい！　私はあなたと違ってここでずっと働いていくつもりなの。そのために真面目に努力してきたし、これからも続けるつもりよ。今の話、私は聞かなかったことにするから、今後仕事以外で二度と私に関わらないで‼」

そう叫ぶように言って、その場を後にした。

残されたルナは頰をプクッと膨らませて、

「何よ、いい子ぶっちゃって」

小さく呟くと、言葉とは裏腹にトボトボと食堂へ向かって歩きだした。

誰もいなくなったはずの噴水近くの茂みから、ガサガサと音がする。

着崩した制服に付いた葉っぱをパタパタと叩き落とすと、男は食堂の方へと視線を向けてニヤリと笑った。

第3章　不穏な噂

ウィリアムがある夜会で婚約者以外の女性を見つめていたらしいという噂は、水面に広がる波紋の如く静かに、だが確実に広がっていった。

社交シーズンの中でも最盛期にあたる今は、貴族の中で一番噂が広まりやすい時期とも言える。

アントン公爵家の夜会の参加者の中には、ウィリアムのいつもと違う様子に気付いていた者もおり、その者達は噂を耳にしてそういうことであったのかと納得した。

そして毎夜どこかの屋敷で行われている夜会で、その噂が広まり浸透していくのだ。

更に誰が言い始めたのか、ウィリアムが不機嫌だったのはリリアーナに対してだったのではないか、と。気になる女性を見ているのにリリアーナが話し掛けてくるのが鬱陶しかったのではという不仲説が、まことしやかに囁かれ広まっていった。

噂というものは間に人を挟むことにより、残酷なほどに尾ひれがついて回るものだ。

噂好きな貴族達は、王太子に対する噂は不敬であると知りながらもその噂に飛びつかずにはいられなかった。

ウィリアムの心変わりは、娘を再度王太子妃にと推すまたとない好機なのだから。

そのうち『ウィリアムが見つめていたという女性は誰なのか』ということに興味が向けられると、今度は相手の女性探しが始まるのであった。

「姉様、久しぶり～」

噴水広場の一番奥にある『子ども達の家』のガラス扉の前で、ヴィリアーズ兄弟は目の中に入れても痛くないほどに溺愛している妹（姉）と久しぶりの再会を喜んでいた。

定期的に手紙のやり取りはしているものの、こうして兄弟三人が揃うのは実に数カ月ぶりのこと。

ウィリアムの隠し事を、浮気と勘違いしたリリアーナが実家に戻ってきた時以来である。

人目など全く気にせずにギュウギュウとリリアーナを抱き締める兄弟であるが、傍から見れば兄二人が年の離れた妹を可愛がっているようにしか見えず、その微笑ましい様子に多数の温かい視線が向けられていた。

「リリ、久しぶりだね。元気だったかい？」

「兄様、エイデン、離してくださいまし！」

リリアーナはジタバタと必死にもがくも、兄弟二人の腕は離れる気配すらない。

残念ながら二人がリリアーナを満喫するまで、この状態は続くのである。


「こんにちは」

カラカラと引き戸を開けて中へ入っていくと、子ども達の視線が一斉にリリアーナへと向けられる。

「リリ様～」

子ども達は嬉しそうにワラワラとリリアーナの元へとやって来た。

この『子ども達の家』を開いてからもうすぐ一年になる。

生きるために盗みを働くしかなかった子ども達であったが、最低限の教育とはいえ読み書き・計算を学ぶことにより、最近では働ける場所が徐々に増えてきて、盗みを働かずに済むようになった。

それもこれも、子ども達が『盗んだお金ではなく、自分が働いて得たお金で生活出来るようになりたい』と一生懸命頑張ってきた結果である。

最初は遠巻きに見ていた大人達もその頑張りを見て、本格的に雇うのは難しいが少しでも協力出来たらと、わざと仕事を作って働かせてくれるようになったのだ。

大体が下働きの更に下の雑用的なことが多いけれど、小遣い程度とはいえ働いて賃金を得ることによって子ども達の心に余裕が生まれ、人との繋がりも広がっている。

働く場は提供出来ないが何か協力したいと申し出てくれる者も多く、そういう場合は食材の差し入れをしてくれるため、日に一度ではあるが、子ども達に温かい食事が振る舞われるようになった。

そのお陰で以前のように折れそうに細い手足の子ども達はいない。

だが何よりも一番の変化は、子ども達の自然な笑顔だとリリアーナは思う。

子どもらしくない諦めたような笑みや、皮肉げな笑みを見ることがなくなったことが、リリアーナにはとても嬉しかった。

「あれ？　このお兄ちゃん達、だあれ？」

リリアーナの後ろから顔を出したイアンとエイデンに、子ども達は興味津々のようだ。

「この二人は私の兄弟ですの。こちらがイアン兄様、こちらが弟のエイデンですわ」

リリアーナの紹介に、幼い子どもが不思議そうな顔をして何とも残酷な疑問を口にした。

「おとうと？　でもリリ様より大きいよ？」

笑顔のまま固まるリリアーナ。

「ブフッ」

イアンとエイデンが慌てて口を押さえ、必死に笑いをこらえる。

それを見たリリアーナは悔しげに二人を睨み付けると、ビシッと指を差しながら地味に嫌なお祈りを叫ぶ。

「兄様達なんて、何度直しても寝ぐせが直らないようお祈りしてやりますわ！」

プクッと頬を膨らませて怒りを表している姿はとても可愛らしく、イアンとエイデンはたまらずにリリアーナをぎゅうっと抱き締めて頬ずりする。

「リリが可愛い！」

「姉様、やっぱり可愛い！」

「ちょ、二人ともっ！　私は本気で怒っておりますのよっ！」

怒りにプルプルと震え一生懸命本気アピールをする姿に、兄弟の溺愛は止まらないどころか加速する。

「「怒る姿も可愛すぎるっ‼」」

兄弟のあまりの溺愛っぷりに、子ども達もドン引きだ。

イアンとエイデンがリリアーナをたっぷり堪能し、ようやくリリアーナは解放された。

「リリ様も大変だな」

声がして振り返れば、そこには苦笑を浮かべた少年ルークが立っていた。

何かと忙しい日々が続き、リリアーナが『子ども達の家』に来るのも数カ月ぶりだったのだが……。

最後に会った時は、ルークと目を合わせるためにほんの少し視線を下げていたのだけれど。目の前のルークは真っすぐ前を向けば視線が合うのだ。

つまり――。

「ルークあなた……少し背が伸びたのではなくて？」

どうやらしばらく会わない間に、ルークの身長はリリアーナと同じくらいにまで伸びていたらしい。

体の肉付きも、あの頃に比べて大分しっかりしている。

それに先ほど耳にした声は、以前に聞いていたものよりも若干低くなっているような気がしないでもない。

「ん～？　そういえばちょっと伸びたかもしれない」

特に興味もなさそうなその物言いに、リリアーナはむぅっと頬を膨らませた。

「ですが、まだ私の方がルークより高いですわっ！」

ささやかな胸を張って主張する姿に、ルークは呆れたような目をリリアーナに向けて大きな溜息をついた。

「リリ様……相変わらず大人げないな」

そんな会話をしていれば、イアンとエイデンがニコニコと笑顔でルークの側にやって来る。

いや、笑顔ではあるが目の奥は笑っておらず、威圧感は半端ない。

ルークの気持ちは『今すぐ回れ右して逃げ出したい』であろう。

「リリ、彼を紹介してくれないかい？」

イアンに乞われ、リリアーナは一つ頷くとルークを紹介した。

「ルークですわ。ここの子ども達のまとめ役をしてくれておりますの」

「……ルークです」

ぺこりと頭を下げる。

リリアーナからまとめ役と紹介され、少しだけ圧が減りルークがホッと息を吐き出したその瞬間。

「ルークはこう見えて、とっても頼りになりますのよ？　時々相談に乗ってもらうこともありますの。うふふ」

リリアーナの褒め言葉という名の爆弾が投下された。

「ほう、相談にねぇ……」

目を細めたヴィリアーズ兄弟から、ルークに特大の圧が掛けられる。

自分達兄弟にではなく他人であるルークに相談をしていたという事実が、彼らには全くもって面白くないらしい。

ルークが心の中で叫ぶ。『やめてくれぇぇぇ！　俺を巻き込まないでくれぇぇぇ！』と。

そんなルークの危機を救う声が、引き戸のカラカラという音と共に聞こえてきた。

「こんにちは」

ひょこっと顔を出したリリアーナと同年代くらいであろう少女は、ミルクティー色の髪と瞳をした、どこにでもいるような極々普通の少女に見える。

だが今のルークには、彼女がきっと天使のように見えていることだろう。

「彼女は？」

リリアーナがルークに訊ねると、ホッとしたように少女について教えてくれた。

「最近よく手作りのお菓子を差し入れしてくれる、アマーリエ様。ここの皆はマーリ様って呼んでるんだ。マーリ様の作るお菓子はどれもめちゃくちゃ美味いんだぜ」

「まあ、それは素晴らしいですわ！」

美味しいお菓子と聞き、リリアーナの顔が輝きだす。

「ちなみに、マーリ様はデニス先生のお孫さんだよ」

デニスは『子ども達の家』で読み書きなどを教えてくれる先生の一人だ。

大きな体に顎にたっぷりの白髭を生やした姿は熊のようであり、クマ先生とも呼ばれている。

アマーリエはリリアーナ達に会釈をすると、デニスの元に向かっていった。

「まあ、デニス先生の……。それはそれは、ぜひともご挨拶させて頂かなくてはいけませんね」

嬉々(きき)としてデニス達の元へ向かおうと体の向きを変えたリリアーナに、ルークは苦笑を浮かべた。

「リリ様さぁ、それって絶対マーリ様のお菓子目当てだろ？」

「そ、そんなことっ。少しはありますけれど、それだけじゃありませんわ！」

「認めちゃってるし」

ルークは呆れたような視線を向けながらも「リリ様らしいや」と小さく呟(つぶや)く。

ついうっかり忘れてしまいそうになるが、リリアーナは高位貴族の令嬢(れいじょう)であり、王太子殿下(でんか)の婚約者でもある。

ルーク達からすれば、こうして会話することだってあり得ないほどに、雲の上の存在だと言えるだろう。

それなのに気軽に子ども達に接し、底辺の生活から抜(ぬ)け出すチャンスを与(あた)えてくれることに不思議な気がしながらも、ルークはとても嬉しく思っているのだ。

「リリ様達は、これからデニス先生に挨拶するんだろ？　ちょうどいいから、マーリ様のことも紹介するよ」

そう言ってデニス達の元に歩きだしたルークの後を、リリアーナ達はついていった。

「デニス先生」

ルークが声を掛けるとアマーリエと話していたデニスが振り返る。

「なんじゃ、ルーク。……と、リリ様。お久しぶりですな」

「ええ、お久しぶりです。お元気そうで何よりですわ」

「元気だけが取り柄ですのでな」

デニスはそう言うと大きな体を揺らしてカカカと笑った。

「デニス先生、声デケーよ」

「いやぁ、すまんすまん」

ルークが仕方ないなぁといった顔でデニスを見た後、視線をリリアーナの方へと向ける。

「リリ様、紹介するよ。最近よくここに遊びに来てくれるアマーリエ様だよ」

「初めまして、アマーリエ・ベルマンと申します」

アマーリエは柔らかい笑みを浮かべて挨拶し、リリアーナもニッコリ笑顔で挨拶を返す。

「初めまして、リリアーナ・ヴィリアーズですわ」

「この人達はリリ様の兄弟で……あれ？　名前、何だっけ？」

ルークが慌てだす。

どうやら先ほどの威圧にやられて、イアンとエイデンの名前をすっかり忘れてしまったらしい。

イアン達は苦笑を浮かべながら挨拶する。

「リリアーナの兄、イアン・ヴィリアーズです」

「弟のエイデン・ヴィリアーズです。……何か甘い匂いがする？」

エイデンの言葉に、アマーリエがおずおずと大きな籠を前に出す。

「差し入れのクッキーを焼いてきましたので、その匂いですわ」

どうやら籠の中身はクッキーらしい。

「まあ、アマーリエ様の手作りクッキーですか？　先ほどルークから、アマーリエ様の作るお菓子はどれも美味しいのだと聞きましたのよ」

リリアーナは瞳をキラキラさせる。

アマーリエはそんなリリアーナの姿に嬉しそうに微笑む。

「私の作ったものでそんなに喜んで頂けるのであれば、とても嬉しいですわ。よろしかったらリリアーナ様達もいかがでしょうか？」

彼女のおっとりとした雰囲気というか纏う空気は優しく穏やかで、リリアーナにはとても心地良く感じられた。

「よろしいんですの？」

パアッと眩しい笑顔を向けてそう言えば、アマーリエは嬉しそうにクッキーの入った籠を差し出した。

「どうぞお召し上がりください」

リリアーナは遠慮なくクッキーをパクっと口の中に入れ、もぐもぐと咀嚼する。

その姿はまるで小動物が餌を食べている時のように愛らしい。

アマーリエはニコニコしながらその様子を見ていた。

口の中のクッキーがなくなると、リリアーナは真剣な顔でポツリと呟く。

「こ、これは……」

「あの、お口に合いませんでしたか？」

気に入らなかったのだろうかと心配するアマーリエの肩に、リリアーナはグワシッと手を置いた。

「アマーリエ様！」

「は、はい？」

あまりのリリアーナの勢いに、アマーリエはたじろぐ。

「このクッキー、とても美味しいですわっ！　チョコチップとナッツの食感がいいですし、一口で食べられる大きさになっているのも食べやすくていいですわね。それに、それに……」

アマーリエはポカーンと口を開けてリリアーナを見ていた。

美味しいと伝えてくれる者は多くいたが、こんなにも全力で美味しさを表現してくれる者は、今までにいなかった。

驚きながらも、アマーリエはとても嬉しかった。

アマーリエはあまり裕福ではない子爵家の三女として生まれ、そこそこに見目のいい少し年の離れた姉二人はすでに結婚している。

ゆくゆくは長女の婿が子爵家を継ぐことが決まっており、次女はやや裕福な隣の領地の伯爵家で嫡男の嫁として大切にされている。

三女であるアマーリエは外見も中身も可もなく不可もなくといった普通の、悪く言えば全く特徴のない令嬢であった。

刺繍はあまり得意ではなく、社交性もそこまであるわけではない。

三女ということもあり何か期待されることもなく、それなりに可愛がってもらってはいたが、特に褒められた記憶はない。

唯一得意と言えるのがお菓子作りだったが、貴族令嬢がキッチンに入ることはあまりいい顔をされないため、家族でただ一人の理解者である祖父デニスの屋敷のキッチンを借りて、お菓子作りを楽しんでいたのだ。

作ったお菓子は子爵家の屋敷に持って帰るわけにもいかず、デニスとデニスの使用人、そして最近は『子ども達の家』の子ども達に振る舞っていた。

皆の笑顔が見られることが嬉しくて、お菓子作りを続けていたと言ってもいいかもしれない。

そんな自慢（じまん）することすら憚（はばか）られる取り柄をこんなにも手放しで喜んでもらえたことが、とても嬉しかった。

「喜んで頂けて、私もとても嬉しいです」

胸に手を当てながら、アマーリエが言う。

もっときちんとお礼を伝えたい気持ちはあれど、今のアマーリエには喜びに胸がいっぱいで、これ以上の言葉が出てこなかった。

リリアーナは満面の笑みを浮かべながら、そんなアマーリエの手を握（にぎ）り、

「お友達になりましょう！」

と半ば叫ぶように言った。

「リリ？」

「姉様？」

驚いた顔のアマーリエ以外は、皆リリアーナがお菓子につられて友達申請（しんせい）していると思ったらしく、複数の呆れた視線が突き刺（つ）さっている。

「べ、別にお菓子につられて言ったわけではありませんわよ？」

慌てて弁解するも、皆疑うような視線を向けている。

「本当の本当に、違いますのよ？」

一生懸命困ったように眉（まゆ）をハの字に下げて違うと言い張るリリアーナの姿に、アマーリ

エはクスクスと可愛らしく笑った。

「私でよろしければ、ぜひ仲良くしてくださいませ」

その言葉に喜色の笑みを浮かべたリリアーナがアマーリエの手を取り、ブンブンと上下に振って更に喜びを露わにしている。

「私のことはリリと呼んでくださいませ。家族や仲の良い方達は皆、私のことをそう呼びますの」

「ありがとうございます。では、私のことはマーリとお呼びください」

ホセ殿下と同学年であったアマーリエはすでに学園を卒業しており、友人達は皆結婚準備に忙しく、少しばかり寂しく思っていたところに出来た新たな友人を嬉しく思った。

二人は視線を合わせてニッコリと笑い、そしてリリアーナはグリンと勢いよく振り返ってイアンとエイデンを見上げるようにして言った。

「イアン兄様も、エイデンも、食べてみてくださいませ！　マーリ様の作ったクッキーは、本当に本当〜に美味しいんですのよ！」

なぜかリリアーナがクッキーの入った籠を持ち、皆に嬉々として勧めている。

そんなリリアーナの姿に苦笑を浮かべつつも、イアンとエイデンがクッキーを手に取り口に運ぶ。

「うん、本当に美味いな」

「へえ、ご令嬢がここまでのものを作れるなんてすごいな」

イアンとエイデンが感心しながら意見を述べる後ろで、リリアーナは子ども達とクッキーを美味しそうに頬張っており、なぜかその輪の中に護衛のケヴィンも入っていた。

何ともちゃっかりしている護衛である。

「リリ様、あ〜ん」

小さな子どもがクッキーをリリアーナの口元に持っていく。

ニコニコ顔のリリアーナはあ〜んと口を開けて子どもの手からクッキーをパクリと食べる。

今度はリリアーナが子どもの口元にクッキーを差し出し、子どもがあ〜んとそれを口に入れる。

それはまるで仲の良い少し年の離れた姉妹のようで、とても微笑ましい。

「本当に、なんて可愛らしいお方……」

アマーリエの呟きにイアンが力強く頷く。

「そうなんだ、うちのリリは本当に可愛いんだ！」

そんな妹を溺愛するイアンに引くことなく、アマーリエは羨ましそうな顔をしている。

「仲の良いご兄妹ですのね。羨ましいですわ」

「ベルマン子爵令嬢は、ご兄弟はいらっしゃらないのですか？」

「姉が二人おりますが、何分年が離れておりますので……。ですが、今はこちらにいる子ども達のお陰で、寂しさもだいぶ薄れてきましたのよ？」

「ここの子ども達は皆、素直な良い子達ばかりのようですね」

「……今はそうですわね。子ども達が素直な良い子でいられるかどうかは、環境によるものが大きいと思います。ここの子ども達が素直で良い子達ばかりなのは、リリ様達がそういった環境を整えてくださったからに他なりませんわ」

そう言ってアマーリエはリリアーナに優しい視線を向けた。

夜会で嫉妬や牽制などのバチバチとした視線を放つ猛獣の如き令嬢達ばかりを目にしていたイアンは、溺愛する妹に自分と同じような柔らかい眼差しを向けているアマーリエを見て、心がぽっと温まる気がした。

「私にもし、リリ様のように可愛らしい妹がいたら……。きっとかなり甘やかしてしまいますわね」

イアンはアマーリエの言葉に頷く。

「それだけどね。私もエイデンもこれ以上ないほどに甘やかしたいんだが、肝心のリリがなかなか甘えてくれないので、余計に構いたくなるんですよ」

「まあ、そうなんですか？」

「ああ。リリは少し変わった子でね。高価なドレスや宝石よりも、あなたが手作りされたクッキーを喜ぶような子なんですよ」

アマーリエは驚きに目を見開いた。

アマーリエもドレスや宝石などに興味はないが……。

元々貧乏子爵家ではドレスも宝石も使い回すのが当たり前で、興味がないというよりは興味を持たないようにしていたというのが正しいだろう。

それがいつしか本当に興味を惹かれなくなっただけであって、手に入れられる環境にいたのに興味を持たないリリアーナに尊敬の念を抱く。

アマーリエの友人を含め、知っている令嬢達の中で高価なものに興味がない令嬢は誰一人としていなかったのだから。

アマーリエの中のリリアーナへの好感度は、どんどん上がっていく。

そんな二人の様子を、エイデンが静かに見守っていた。

リリアーナと子ども達がお菓子を満喫している間に、イアンとエイデンはデニスに子ども達の勉強に対する進捗具合などの確認をし、一定のレベルまで学び終えた子ども一人一人に、ヴィリアーズ領へ移ることに対する意思確認を行っていく。

確認した子ども達全てが、ヴィリアーズ領へ移り働くことを希望していた。

いつから移住するのかなどの細かなことは、持ち帰って現当主であるオリバーと相談して決めなければならない。

なかなかに忙しくなりそうである。

イアンとエイデンはまた近いうちに来ることを約束し、子ども達の頭を撫でれば、皆目を細めて嬉しそうにしていた。

『子ども達の家』で学ぶようになるまで、子ども達は頭を撫でてもらったり褒めてもらうといった経験がほぼなかった。

この教室を開くにあたって、リリアーナは先生達に『褒めて伸ばす』ようお願いしていたのだが、先生達は孫のような年齢の子ども達をとても可愛がってくれた。

愛されることを知らずに育った子ども達は当初警戒していたが、今では愛情を向けられることに対しても素直に受け入れている。

最低限のマナーも教えてくれているようで、これならば社会に出てもそこまで苦労することはないだろう。

あまり長居しすぎて勉強の邪魔をしてはいけないと、イアンが「そろそろお暇しよう」とリリアーナに声を掛け、揃って子ども達に別れを告げる。

アマーリエも「では私も」と子ども達に挨拶をしていた。

土間で靴を履き、子ども達に手を振ってガラス扉を開けて外に出る。

「そういえばイアン兄様、エイデン、この後何かご予定は？」

イアンとエイデンは顔を見合わせて、二人揃って顔を横に振る。

「いや、特に予定は入れていないが？」

「ならば、一緒に市場に行きませんか？」

リリアーナの提案に一も二もなく飛びつく二人。

「ああ、いいね。一緒に行こう」

「もちろん一緒に行くよ」

リリアーナは二人の返事を聞くと笑顔で頷き、クルッとアマーリエの方へ体を向けた。

「マーリ様も一緒に行きましょう！」

「私も、ですか？　あの、せっかくの兄弟水入らずの場に私がいては、お邪魔になりませんか？」

「そんなことはありませんわ！　兄様達もよろしいでしょう？」

断られるなどとは露ほども思っていないだろうその顔を見て、彼女を溺愛する兄弟達が否定の言葉を口にすることはまずないと言える。

まあ、リリアーナを自分達から取り上げるウィリアムに対しては敵認証している分、割と辛辣だったりするのだが。

「そうだな。リリもこう言っていることですし、一緒にどうですか？」

イアンからもお誘い（さそ）の言葉を掛けられ、アマーリエは柔らかな笑みを浮かべた。

「ありがとうございます。ではご一緒させてください」

こうして四人と護衛二人で市場へと向かうのだった。


「それにしても人が多いな」

イアンの言葉に皆が頷く。

前方に見える両サイドに並ぶテントの間を進む人の波は思った以上に多く、このまま進めばきっと皆バラバラにはぐれてしまいそうである。

「手を繋ぎましょう！」

リリアーナが良い案だと言わんばかりに、ささやかな胸を張っている。

ウィリアムとここに来る時には必ず手を繋いでおり、お陰で一度もはぐれることなく屋台を隅々（すみずみ）まで楽しむことが出来ているのだ。

だから手を繋げば、最悪手を繋いだ者同士ははぐれずに済むだろうということのようだった。

イアン達はリリアーナがとんでもないことを言いだしたと、ぎょっとする。

しかし、エイデンはちょっと考える素振り（そぶ）りを見せた後、ニヤリと笑いながらリリアーナにこっそり話し掛けた。

「姉様？　詳しくは後で話すけど、ちょっと考えがあるから、僕の話に合わせてくれる？」

「何だかよく分かりませんが、分かりましたわ」

リリアーナは少しばかり小首を傾げながらも、空気を読んでコッソリと返事をする。

エイデンは嬉しそうにウンウンと頷いてイアンに言った。

「僕が姉様とペアを組みますから、兄様はベルマン子爵令嬢とペアを組んでください」

「いや、でも……」

久しぶりのリリアーナと手を繋ぎたいイアンがそれを言葉にする前に、

「姉様、僕と手を繋いでくれるよね？」

可愛らしい弟のお願いといった感じに言ってはいるが、何だか圧がものすごい。

リリアーナは先ほどエイデンに言われたことを思い出し、無言でコクコクと頷いた。

エイデンは満面の笑みを浮かべて、リリアーナの手を握る。

イアンとアマーリエは流されるままに、どちらからともなくおずおずと手を繋いだ。

ご機嫌に手を繋ぐエイデンとリリアーナの前を、イアンとアマーリエが困惑気味に歩いている。

後ろのケヴィンともう一人の護衛は……手を繋いでいない。

「ケヴィン達は手を繋がずにいて大丈夫ですの？」

リリアーナが振り向きながら心配そうに声を掛ければ、エイデンが「ブフォッ」と笑いをこらえられずに噴き出し、言われたケヴィンは引きつった笑みを浮かべ、

「俺らのことは気にしなくて大丈夫だから、嬢ちゃんはしっかり前見て歩きな」

リリアーナの頭をグリンと強制的に前に向かせる。

市場の屋台には串に刺してタレをつけて焼いた肉や、薄い皮のようなもので野菜や肉を巻いたもの、小さいケーキのスポンジに砂糖をまぶして串に刺しているものなど、とにかく色々な種類の食べ物やスイーツが並んでいた。

ウィリアムと何度か市場に来たことのあるリリアーナであったが、その全てを口にしたわけではない。

前に来た時には食べられなかったものにもチャレンジしたいが、あちらこちらから美味しそうな匂いが漂ってくるため、リリアーナの視線は右に左に忙しい。

「エイデン、あれは何かしら？」

「僕も食べたことはないから分からないけど、何かのスイーツじゃないかな？　とりあえず買っておこう」

「エイデン、ものすごく美味しそうな匂いがしますわ！」

「ああ、何かを肉で巻いて味付けしたものみたいだ。買っておこう」

っている。

こんな感じでアレコレ買い続けた結果、護衛の一人の両手は食べ物の袋でいっぱいにな
後ろの護衛二人は遠い目をしながらそれを見ている。

「買っておこう！」

「エイデン！」


リリアーナはふと左右に向けていた視線を前に向ければ、そこのいるはずのイアン達の姿がないことに気付いた。

「エイデン、どうしましょう。イアン兄様達とはぐれてしまったわ！」

オロオロするリリアーナであったが、エイデンもケヴィンも大して心配はしていないようだ。

「大丈夫だよ。僕達より先にいるのは確かだから」

「そうだぜ、嬢ちゃん。そのうち合流出来るって」

「ですが……」

「イアン兄様も子どもじゃないんだし、大丈夫だよ。それにベルマン子爵令嬢は草食動物っぽいし」

「はい？」

リリアーナは意味が分からないとばかりに首を傾げた。

　アマーリエが草食動物っぽいというのは納得だが、それがどう大丈夫なことと繋がるのだろうかと。

「令嬢達の目から見た兄様ってさ、まあまあ裕福な由緒ある伯爵家の『次期当主』で結構『容姿端麗』な、いわゆる『好物件』ってやつじゃない？　夜会に出るとさ、毎回ギラギラと目を光らせた猛獣並みの令嬢達に囲まれるらしくてね。父様からはそろそろ婚約者をってハッパを掛けられているみたいだし。この前も夜会から疲れて帰ってきて、僕に草食系の令嬢を紹介してくれなんて言っていたんだよね」

「それで草食動物なんですのね」

　納得といった顔をしたリリアーナに、エイデンは肯定の意味で頷く。

「夜会は肉食令嬢達の狩場になっていて、草食系の令嬢との出会いはなさそうだしね。そんな時に目の前に希望通りの草食系の令嬢が現れたんだ。悪い人ではなさそうだし、チャンスと言えばチャンスなんじゃないかな？　って思ってさ」

　エイデンの説明を聞き、ようやくリリアーナはピンときた。

　――これはそう、恋の予感だと。

『夜会は肉食令嬢の狩場』で笑いをこらえきれなかったケヴィンが後ろで咽ている。

「エイデンが言っていた『考えがある』というのは、このことでしたのね。確かに先ほどマーリ様と手を繋いだ時も、イアン兄様達は戸惑ってはおられましたが、嫌がっておられませんでしたもの」

「なかなかにいい組み合わせな気はするんだよね」

「私、マーリ様でしたら応援致しますわ」

「そうだね。二人でゆっくり話してお互いを知ってもらうために、僕達はこのままゆっくり屋台を楽しんだらいいと思わない？」

「分かりましたわ！　兄様達のために、このままゆっくり楽しんで進みましょう」

兄のためと口では言いながら、実は半分以上はリリアーナを独占することが目的なエイデン。

姉様がチョロ可愛い！　と心の中で悶え、そんな二人を面白いものを見るような目で見ているケヴィンであった。

リリアーナ達が右に左に食べ物を買い漁っている頃――。

「ベルマン子爵令嬢は……」

イアンは言いかけて、一度口を閉じた。

アマーリエは何だろう？　といった感じで首を傾げる。

「その、アマーリエ嬢とお呼びしてもいいだろうか？」

少し照れたように言うイアンに、アマーリエはふわりと優しい笑みを浮かべた。

「はい、構いません」

「では、私のことはイアンと呼んでくれ」

「はい、イアン様」

――何となく良い雰囲気になっていた。

「アマーリエ嬢は何か食べたいものはあるかい？　あるいは食べられないものとか」

「そうですわね、私は好き嫌いがありませんから何でも美味しくいただけますわ」

「それは良いことだな。リリも好き嫌いはないが、美味しいものには目がなくてね」

溺愛する妹の話になると、イアンは途端に饒舌になり目尻を下げて嬉しそうな顔をする。

「『子ども達の家』でも思いましたが、リリ様が美味しそうに食べる姿はとても可愛らしくて癒されますわね」

先ほど見たリリアーナの姿を思い出して笑顔になるアマーリエ。

イアン達兄弟のリリアーナに対する溺愛ぶりを見ても全く引く様子がなく、それどころか、

「リリ様のことをもっと色々教えて頂けますか？」

などとイアンに聞いてくるのだ。

二人の会話は止まることなく、アマーリエは楽しそうにイアンの話に同調してくれるので、イアンは楽しくて嬉しくて、自然と口角が上がりっぱなしである。

「そこでリリが地味に嫌なお祈りを始めて……って、あれ？　リリ達がついてきていないな」

イアンの振り向いた先に、リリアーナとエイデンの姿は見えなかった。

途中までは、ちゃんとついてきているか気にして見てはいたのだ。

慣れない手を繋ぐという行為に何となく落ち着かず、それを誤魔化すようにチラチラと後ろを振り返っていたのだが。

途中から思いのほか話が弾み、いつの間にか普通に屋台を楽しんで、確認を怠っていたのだ。

アマーリエも驚いたように振り返るが、当然だがリリアーナ達の姿はない。

「どうしましょう？　戻るわけには……」

「いかないかな。ここは一方通行だから。……まあ、抜かされてはいないのだから、私達の後ろにはいるということだ。それならこのまま屋台を楽しんで合流するのを待とう」

「ええ、分かりました」

アマーリエがそう言って頷いた時、余所見していた女性に後ろからぶつかられてバランスを崩す。

「きゃ……」

イアンはサッと腕を回し、アマーリエを抱きとめた。

「すみません」

ぶつかってきた女性からの謝罪の言葉に、「次から気を付けて」と返し、アマーリエを覗き込むようにして見れば、彼女は真っ赤になって固まっていた。

その初々しい姿に胸の奥がじんわりと熱くなる。

夜会では令嬢達があの手この手で近付こうとし、わざとふらついた振りをして抱きついてこようとしたりする者も多い。

同じ令嬢でも、肉食系と草食系ではこんなにも反応が違うのかと不思議に思いつつ、この状況が嫌ではない自分に驚く。

驚くといえば、今日会ったばかりの女性と手を繋いで屋台を楽しんでいるということ自体が驚きではあるのだが。

「大丈夫?」

声を掛ければ、いまだ朱く染まったままの顔を俯かせながら何度も頷いている。

恥ずかしくて声も出せないといったところか。

リリアーナ以外の女性に対して、初めて『可愛い』という感情が湧き上がる。

このまま立ち止まっていては邪魔になってしまうと、名残惜しく感じつつ抱きとめていた腕を外し、イアンはアマーリエと再度手を繋いだ。

第4章　未亡人クラウディア

「コレでいいと仕方なく選ばれただけですもの。飽きられるのも当然ですわね。まあ、思った以上に長く続いたようですけれど」

わざと聞こえるような声音でクスクスと笑いながら令嬢達が話している。

休みが明けて週の頭。

リリアーナがエリザベス達と食堂での注文を終え、いつものように三人で楽しく話しながら四阿へ向かっている途中のことであった。

「なっ！」

エリザベスが激昂して反論の言葉を述べようとするも、

「エリー、私は気にしておりませんわ」

リリアーナは実際、特に気にする様子もなくするっと躱していく。

裏庭の四阿に着くとエリーは納得のいかない顔をして、

「それにしてもムカつくっ！」

と令嬢らしくない叫び声を上げた。

「エリー様、お気持ちは分かりますが、あまり声を荒らげますといくら人気がない裏庭とはいえ、誰かに聞かれてしまうかもしれませんから……」

困ったように眉をハの字に下げてクロエが苦言を呈する。

「それは分かっているけど、でもやっぱりムカつくものはムカつくんだもん」

エリザベスは拗ねて子どものように頬を膨らませながら、バツが悪そうに呟いた。

クロエも同意するように小さく頷く。

「あの方達を腹立たしく思う気持ちは、私も同じですわ」

まるで自分のことのように怒ってくれる友人達の存在は心強く、リリアーナはとても嬉しく思った。

喜びに自然と口角が上がるリリアーナとは反対に、なかなか苛立ちを抑えられないエリザベスがまたしても叫ぶように不満を口にした。

「『コレでいいと仕方なく選ばれただけですもの』って、あんたはそこで選んですらもらえてない存在だって気付いてないの？　気付きなさいよ。ってか、気付けっ！　『飽きられるのも当然ですわね』って、誰がいつ飽きたって言った？　殿下はそんなこと、ひと言だって言ってないし！　『思った以上に長く続いたようですけれど』って、まだまだ継続中だってての――!!」

いや、叫ぶようにではなく完全に叫んでいる。

怒りに震えるエリザベスを前に、当事者であるはずのリリアーナはとても落ち着いていた。

「エリー、あまり怒ると疲れてしまいますわよ？　それよりも話の内容を全部覚えているなんて、すごいですわ！　私なんて話の内容もですが、さっきのご令嬢がどんな方だったのかも全く覚えておりませんのに」

「ちょっと、何でリリはそんなに落ち着いていられるのよっ！」

「エリー様、せめてもう少し声を控えめにしませんと」

クロエがエリザベスに本日何度目かの注意を促しながらも、疑問に思っていたことを口にした。

「それにしても、最近リリ様へのあからさまな陰口が増えた気がするのですが……」

その言葉を受けてエリザベスは少し考えるように、若干眉間に皺を寄せる。

「言われてみればそうよね。でも、何でまたいきなり？　ウィリアム殿下がリリを溺愛しているのは周知の事実だと思っていたんだけど」

「そうですよね。二年生以降は陰口がほとんどなくなって安心しておりましたのに、なぜ今になってまた……？」

クロエは言って首を傾げる。

考えてみても思い当たることはなく、会話が止まり、風が葉を揺らす音や鳥の囀りが聞こえてくる。

「クリス様がいたら、何て答えてたかな？」

エリザベスが思い出したようにクリスの名前を口にした。

リリアーナは苦笑しながら、

「クリス様ならきっと、『女性って怖いね。でも東国の女性はもっと怖いけどね』などと仰るでしょうね」

と言い、クロエとエリザベスは声を揃えて「『言いそう（ですわね）』」と頷く。

「クリス様、元気にしてるかな？」

エリザベスの呟きに、クロエが穏やかな笑みを見せた。

「今頃きっと、侯爵家を継ぐための勉強を必死にされているのではないでしょうか」

「そうですわね。『新しい婚約者とはうまくやっていけそうですか』と手紙に書きましたら、長々と惚気を書いたお返事がきましたから、きっと元気にされていると思いますわ。……クライサ様のその後は恐ろしくて聞けませんでしたけれど」

リリアーナの最後の言葉に、エリザベスとクロエの笑顔が一瞬にして固まる。

かけがえのない友人となったクリスの元婚約者であるクライサ・カサンドラは、とんでもなく苛烈で話の通じない女性だった。

あのクライサと少なからず対峙したことのあるリリアーナにとって、多少の嫌味を言ってくる程度の令嬢達などまだまだ可愛らしいと思えるレベルである。

「いや、何ていうか、私あの人苦手だわ」

エリザベスが苦虫を噛み潰したような顔で言う。

「得意な方がいたら、尊敬するレベルですわね」

クロエは何とも言えない顔をしてはいるが、リリアーナの言葉を否定はしなかった。

「あの人を超える令嬢なんて、この世にいるのかしらね？」

エリザベスの疑問に、リリアーナとクロエは少しだけ想像してみる。

だが、どう考えてみてもクライサ以上に強烈な令嬢など、想像もつかなかった。

「出来たらそういった方には、もう二度とお会いしたくありませんわ……」

クロエの言葉に同意とばかりにリリアーナとエリザベスがウンウンと頷く。

そして頷きながら思うのは――。

「とんでもない女性でしたが、クリス様を想う気持ちは本物に見えましたわ。少し……いえ、だいぶ猟奇的な感じでしたし、もし自分がクリス様の立場であったらと思うと恐ろしいですが、少しだけ。本当に少しだけ、気の毒に思いましたの。自業自得な部分が多々ありましたが、自分の思う方が他の女性と幸せになる姿を見聞きするのは、とても辛いことですもの。まぁ、それが彼女の今までの行いに対する罰なのかもしれませんけれど」

エリザベスは複雑そうな表情で頷く。

「……そうね、少しばかりお気の毒とは思うけど、でもやっぱり同情出来る要素が全くないわ」

そんな風に話していれば、離れた場所からこちらを見てクスクスと笑っている令嬢達の視線に気付いた。

「まぁ、睨まれてしまいましたわ。こわぁい」

いかにもわざとらしい鼻につくような言い方に、エリザベスが顔を顰めてポツリと呟く。

「なんか頭悪そうな言い方が腹立つわぁ」

「エリー様、あれは頭が悪そうなのではなくて、頭が悪いのですわ。こんなところで油を売っている暇がおありなら、本の一冊でもお読みになればよろしいのに。そしたらもう少しだけまともな物言いが出来るようになるかもしれませんわね。うふふ」

温厚に見えるクロエも余程腹に据えかねたのか、言葉に毒が多量に含まれている。

だが、そんな言葉をサラリと笑顔で述べているところが恐ろしい。

普段大人しい相手を怒らせると怖いといった話は耳にするが、こういうことかとエリザベスとリリアーナは思う。

「な、何だかここも落ち着かない場所になってきたわね」

思わず出てしまったのだろう本音に、エリザベスは『あっ』という顔をして慌てて口を噤む。

そんな風に気を使わなくても大丈夫なのにとリリアーナは思うが、気を使わせてしまっているのが自分であるために、何だか申し訳なくなった。

令嬢達に何を言われても、当のウィリアムがリリアーナを溺愛し大切にしてくれているのだ。

親しくもない令嬢達の千の言葉よりも、大切な人からの一つの言葉を信用するのは当然のこと。

ウィリアムを信じているリリアーナの心には令嬢達の言葉は全く響かないし、聞く価値のないものとして流していた。

「そうですわね。明日以降のランチですが、特別室でいただくのはどうでしょうか？」

特別室であれば給仕の者以外の出入りはなく、リリアーナに向けられる悪意によってエリザベス達に不快な思いをさせずに済むだろう。

「特別室で？」

エリザベスとクロエが顔を見合わせる。

「私は構わないというか、逆にラッキーくらいの気持ちだけど、本当にいいの？」

「私はお二人と一緒にいられるのでしたら、どこでも構いませんわ」

二人から肯定の言葉を聞けてホッと胸を撫で下ろす。

「では、明日からは特別室でランチを致しましょう。お二人には気を使わせてしまって、申し訳ないですわ」

「謝らないでよ。本来なら近寄ることも出来ないあの特別室なのよ？　むしろこっちがお礼を言わなきゃだわ」

「そうですわ。本来であれば出来ない体験をさせて頂いているのですもの。ありがとうございます」

　つくづく自分は人に恵まれていると、リリアーナは感謝の気持ちが溢れる。

「お二人が私の友人でよかったですわ」

　三人は顔を見合わせてうふふと笑った。

　その日、バーネット伯爵家長女のクラウディアは、最近夜会で噂になっているウィリアム殿下の想い人に自分の名が挙げられていることを知り、有頂天になっていた。
　――他国の夫の元に嫁いで十年近く経ったあの日、事故によって夫は帰らぬ人となった。悲しみの癒える暇もなく家督を継ぐ者を決めなければならず、とはいえ残念ながら二人の間に子どもはなく、夫には兄弟もいなかった。
　結婚から三年経っても子どもが出来ない貴族女性は、離縁されることが多い。

貴族の妻としての仕事は、家を守り夜会やお茶会を主催するなどして人脈を増やすことをとされているが、一番大切な仕事は『跡取りを産むこと』である。

その跡取りを産むことが出来なかったにもかかわらず、離縁されることなく婚姻関係を継続出来ていたのは、夫が自分を愛しているからに他ならない。

クラウディアはずっとそう思っていた。いや、思い込んでいた。

あれこれと口うるさい同居中の義母との仲は最悪であり、屋敷の中は常にピリピリしていたけれど。

……夫が亡くなったと聞いた時には目の前が真っ白になったが、能力のある親戚筋の子どもを養子にし、何とか家を存続させようと考えた。

しかし突然、義母から夫には身分違いの愛人がいて、その愛人と夫との間には二人の子どもがいるのだと聞かされたのだ。

そしてその子どもを跡取りにするつもりだと。

夫に愛人がいたなど知らないし、ましてやその女との間に子を成していただなんて……。

そんなこと、許せるはずがない。最大の裏切りではないか！

夫は自分を、自分だけを愛していたのではなかったのか。

そんなことは認めないと反論すれば、義母は顔を顰めて、

「愛人の身分が低くなければ、お前などとっくに離縁されていたんだ。跡継ぎも産めぬく

せに散々好き勝手してきて、今まで追い出されなかっただけありがたいと思いなさい。生意気なお前はこの家に必要ない。出ていけ！」

荷物一つで追い出されてしまったのだ。

そして渋々戻ったバーネット邸では腫れ物に触る扱い。

クラウディアは絶望した。

夫を選んだのは釣書の中で一番裕福な伯爵家の嫡男で容姿も悪くなく、一生贅沢な暮らしが出来ると思ったからだったのに。

バーネット伯爵家の当主はすでに父から弟へ引き継がれており、その父は領地に居を移してしまっている。

弟夫婦に世話になっている今の状況は、とんでもなく肩身が狭い。

未亡人であるクラウディアが夜な夜な夜会へ出席しているのは、この際うんと年上でもいいから裕福な男性と再婚して、少しでも早くあの居心地の悪い実家を出たいからに他ならなかった。

そんな時に夜会で、自分があの見目麗しい王太子殿下の想い人ではないかとの噂を耳にしたのだ。

夫と義母のことはいまだに憎々しい思いでいっぱいではあるが、これまでのことは王太子殿下と結ばれるための布石であったのではないか。

そうだとしたら、なかなかに良い仕事をしてくれたものだと、少しは許す気にもなるというものだ。

クラウディアは扇子を広げて口元を覆うと、ニィと下品に口の端を上げて笑った。

「殿下、よろしければわたくしと踊って頂けませんか？」

アントン公爵家の夜会では怯えるように謝罪の言葉を口にしていたはずのクラウディアが、なぜか夜会の度に媚びるように声を掛けてくるようになった。

もう二度と会いたくも口をききたくもないというのに。

どの夜会へ行っても、示し合わせたかのように必ず彼女も出席しているのだ。

まるでつけられているかのようで、気味が悪い。

――まさか、あの時の子どもが私であることに気付いていない？

だから平気で傷付けた相手に話し掛けられるのだろうか。

……いや、しかし子どもの頃のこととはいえ、この女は何度も王宮へ来ていたはずだ。

それなのに、仮にも自国の王子の顔を知らないなどということがあるのか？

それとも、過去のことなど忘れている？

あの出来事のせいで自分は女性不信に陥ったというのに。

もやもやと考え、ウィリアムはかぶりを振る。

どちらにせよこの女とはもう関わりたくない。

「私はリリアーナ以外の女性と踊るつもりはない」

冷たい視線を向けながらそう言ったところで、きっとこの女は懲りもせずにまた声を掛けてくるのだ。いや、クラウディアだけではない。

他の令嬢達もリリアーナがウィリアムの横にいるにもかかわらず、なぜかまるでいないものとして声を掛けてくるようになったのだ。

噂を知らぬウィリアムは、なぜそうなったのか理由が分からずに苛立ちを募らせる一方だったが、令嬢達はリリアーナとの不仲を期待して寄ってきていたのである。

中には「今がチャンスだ」と娘をけしかける親もいた。

そして噂の弊害はウィリアムに令嬢達が群がるだけでなく、リリアーナへのあたりも強くなっていったのだった。


「どうした？　集中力が散漫になっているぞ？」

久しぶりに近衛騎士団の訓練に参加していたウィリアムであったが、どうにもイライラして集中出来ないでいたところを、ダニエルに指摘された。

「何か悩みでもあるのか？」

「いや、悩みというほどのものでもないんだが……」

婚約当初と違い、ウィリアムにすり寄る女性はほぼいなくなっていたのだが、このところ急に色々な女性が近付いてくるようになったのだ。

それはもうクラウディアを筆頭に、鬱陶しいことこの上ない。

女性達はウィリアムがリリアーナをエスコートしていても、まるで関係ないとばかりにわざとらしい笑顔で近付き声を掛けてくる。

夜会の度にそんな感じなので、怒鳴り散らしたい気持ちを呑み込むにもストレスが溜まりすぎて最近はイライラしてばかりいる自分に気付きながらも、どうしようもないのだ。

「私がリリアーナと婚約して二年近く、彼女との仲も良好だというのに、なぜだ!?」

拳を握り、小声で叫ぶ。

大きな声で叫んでは皆に聞かれてしまうため、これでもウィリアムは必死に抑えていた。

こんなことに煩わされている自分が腹立たしくも情けないと、ウィリアムは拳を額に当てて俯く。

何やらウィリアムに近付こうとする女性が増えていることはダニエルの耳にも入っており、特に緊急性の高いもの以外は忙しさにかまけてあまり重要視していなかったのだが。

これ以上ストレスを溜められて体調を崩されても困ると、ダニエルは部下に命じて原因を調査することにした。

ウィリアムにリリアーナ以外の想い人がいるという噂は王宮内の使用人達の耳にも入っていたのだが、当事者であるリリアーナがケロッとしているために『あの噂は悪意を持って誰かがわざと広めたに違いない』や『表面上は何ともない顔をしながら、陰でリリアーナ様は泣いているに違いない』など、貴族達の噂とはまた別の噂が広まり始めていた。

「お嬢様、色々な噂が流れておりますが、全部マルッと無視しちゃっていいですからね？」

王宮内の部屋で寛ぐリリアーナにハーブティーを淹れながら、モリーが気遣う言葉を口にした。

「モリー、ありがとう。皆私を心配してくれるのは嬉しいのだけれど、噂に関しては本当に、全くと言っていいほど気にしておりませんのよ？　王宮内の噂には正直驚きましたけれど」

陰で泣くようなか弱い令嬢だなどと、一体誰が言いだしたのか……。

そんな噂が流れているのを知り、学園での出来事を思い出し『それで令嬢達の態度が変わりましたのね』と合点がいったリリアーナ。

仮にもし、ウィリアムにリリアーナ以外の想い人が出来たとしたら。

あまり考えたくはないが、それでもきっと陰で泣いて我慢など絶対にしないと言い切れる自信がある。

ウィリアムの婚約者となったこの二年近くの間に、色々経験し学んだことはたくさんあるのだ。

苦笑を浮かべつつ、ハーブティーに口を付ける。

「なあ、嬢ちゃん。本当に無理してないか？」

ケヴィンが心配そうにリリアーナへ声を掛けつつ、テーブルの上のお菓子に伸ばした手をモリーにバシッと叩かれる。

「痛てぇな」

顔を顰めるケヴィンにモリーが無表情で「ハウス」と冷たく言い放つ。

騎士服を着崩し軽そうな見た目のケヴィンではあるが、この男は案外心配性で面倒見が良く腕も立つ。

そしてモリーのケヴィンに対する態度は塩対応ではあるが、一応彼の仕事ぶりは認めているらしい。

……かなり塩対応ではあるが。

いつもと変わらぬ様子の二人にクスリと笑みを浮かべた後、

「心配を掛けてごめんなさいね。ですが先ほども言いましたように、私は全く気にはしておりませんの。ただ、私のことよりもウィルの方が心配ですわ」

リリアーナは困ったようにホウッと溜息を一つついた。

ウィリアムはクラウディアの出現によって日に日に眉間の皺が増え、その苛立ちを隠そうと無表情でいることが増えたため、使用人達の間でも昔の『氷の王子様』に戻ってしまったようだと噂されるようになっていた。

「ヘタレ殿下、どうしちまったのかねぇ」

言い方はアレだが、ケヴィンなりにウィリアムのことを心配しているのだろう。

リリアーナとてウィリアムが話してくれるのを待つつもりであったが、こんなにも噂が広まってしまえば、あらゆるところに支障が出るのも時間の問題であろう。

すでに夜会ではリリアーナが助け出すことが叶わないほどに女性達がウィリアムに群がり、一人になったリリアーナに嫌がらせまでしてくる始末。

とはいえ、そんなことは全く気にしていないリリアーナであったが、ウィリアムとの貴重な時間を奪われ、帰りもまともに会話が出来ないほどに疲れ切ってしまう日々が続くことの方が気掛かりであった。

このまま、もしウィリアムと会話のない状況が続いたら。

自分の知らないうちにウィリアムが追い詰められてしまったら……。

とても心配ではあるが、今はまだ見守ることしか出来ない自分に歯がゆさを感じつつ、ウィリアムから話してくれることを信じて待つことしか出来ないリリアーナであった。

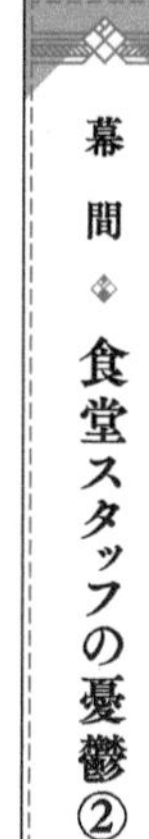

幕間 ◆ 食堂スタッフの憂鬱②

学園内の食堂で働くベラは、その噂を耳にして顔から血の気が引いていった。

この学園の生徒のほとんどは貴族と裕福な商人の子どもであり、小さな社交場と言える食堂内では常に色々な噂が飛び交っている。

ほぼ満席の食堂内で忙しなく働いていたベラの耳に、その噂はスルッと入ってきた。

それは『ある夜会で王太子殿下が、婚約者以外の女性を見つめていた』というもので、更には婚約者との不仲説まで囁かれていたのだ。

貴族が噂好きとは知っていたが、このようにして噂が広まっていくのだと思うのと同時に、直感的に噂の出所はルナだと思った。

何かやらかしそうだとは思っていたが、とんでもないことをしでかしてくれたものだ。

食堂内だけのすぐに消えてしまう噂で済めばいいが、きっとそれでは済まないだろう予感がする。

もし噂の出所として、自分の名前まで上げられてしまったら……。

流した噂は王太子殿下とその婚約者の話である。

不敬罪に問われれば、物理で首が飛ぶ……。

そこまで考えて、恐ろしさに体が震える。

下げる途中の、お盆の上に重なった食器がカチャカチャと高い音を立てた。

(どうしよう、どうしよう……)

頭の中はもうそれでいっぱいだ。

ここまで広まってしまった噂をなかったことにするなど不可能だろう。

王太子殿下と婚約者の令嬢は、こんな噂を流されて面白く思うわけがない。

しかもこの学園内に婚約者の令嬢がいるのだ。きっとすぐに見つかってしまう……。

全ての原因はルナであり、自分は真面目にコツコツと頑張ってきただけなのに。

ルナが何か問題を起こす度に、注意をしてきた。

これまでにも何度も巻き添えを食ったことがあったが、今回ばかりは巻き添えになるわけにはいかない。

顔色の悪いベラに気付いた先輩スタッフが声を掛ける。

「ベラ、顔色がとても悪いわ。大丈夫?」

ベテランの先輩達の中でも一番面倒見のいい先輩の優しい言葉に、涙が溢れ出して止まらなくなる。

先輩は驚きながらも、ベラの持つ食器をサッと持ち上げて近くのワゴンへ乗せると、

「こっちへ」と言って、スタッフ用の控室へ向かった。

壁に立て掛けられた折りたたみ椅子を広げてベラに座るように言い、もう一つ広げた椅子に先輩も座る。

「一体何があったの？　ベラがそこまで取り乱すなんて、相当なことなんじゃない？」

先輩の優しい言葉に、更に涙が溢れてくる。

「ル、ルナがとんでも、ないことをし、しでかして……」

ちゃんと説明したいのに、涙としゃくりでうまく話せないベラだったが、先輩は根気強く話を聞いてくれた。

それによって先輩の顔からも次第に血の気が引いていく。

「な、何てことを……。ルナには確認したの？」

ベラは先輩に全てを打ち明けたことで先ほどよりも少しだけ落ち着きを取り戻し、先輩の質問にゆっくりと首を横に振って答えた。

「いえ、していません。でも話の内容的に言って、十中八九、ルナが原因だと思います。お、王太子殿下の婚約者様と二人のご友人が特別室で話されたのと同じ内容の噂が他から漏れることなど、ないと思います。だからこそ、どうしたらいいか分からなくなってしまって……。ルナがやったことに私まで巻き込まれるのはご免です！　彼女には今まで散々迷惑を掛けられてきたんです。これ以上は本当にもう……」

せっかく落ち着いてきていたベラであったが、また感情が高ぶり涙としゃくりが止まらなくなってしまった。

先輩は難しい顔で考え、そして真剣な顔をして静かに話し始めた。

「どちらにしても、この問題は私達の手に負えるものではないわ。私からチーフに説明しに行くから、あなたはここで涙を止めて、落ち着いたら化粧を直して仕事に戻るように」

ベラは激しくしゃくり上げながらも、コクコクと頷いた。

翌日、ベラが出勤するとすぐに昨日話を聞いてくれた先輩から急いでついてくるように言われた。

「あ、あの……」

困惑しながらついていくベラに、先輩スタッフは歩きながらベラにだけ聞こえるような小声で言った。

「あれからチーフに話したわ。詳しくは時間がなくて話せないけど、これからあなたが言われることは想像がつく。『何も知らないことにしろ』、そう言われると思う。ルナに巻き込まれてここを辞めたくなかったら、チーフの言われた通りにしなさいね」

ベラが真剣な顔で頷くのと同じタイミングで、応接室へ着いた。

先輩がノックをすると、中から「入りたまえ」という声が聞こえる。

「失礼します」

そう言って中に入れば、小太りで神経質そうな男がソファーに腰掛けていた。

「チーフ、ベラを連れてきました」

「ああ、ご苦労。二人ともそこに座って」

チーフの向かい側のソファーに先輩と並んで腰掛ける。

チラリとチーフを見れば、顔はいつもと変わらず無表情であったが、膝に置かれた右手の人差し指がトントンと上下に動いている。

その行為がチーフの静かな怒りを表しているようで、ベラの背中を冷たい汗がツツーッと流れる気がした。

「で？　何でこんなことになったのか、昨日そこの彼女から簡単な説明は受けたんだがね。やはり直接本人から話を聞きたいと思って君を呼んでもらったわけだ」

ベラは緊張しながらも、説明を始めた。

「あの日はたまたまベテランスタッフの方がいらっしゃらなくて、私とルナの二人で特別室にお食事を持っていきました。中には王太子殿下のご婚約者様と、二人のご友人がいらっしゃいました。配膳が終わり退室しましたが、ルナから扉横にあるワゴンに乗っていたピッチャーの水を零してしまったから、雑巾を持ってきてほしいと言われて。急いで雑巾を持って戻ると、ルナが扉をほんの少し開けた状態で中の話を盗み聞きしていたんです。

退出する時にわざとハンカチを間に挟ませていたらしくて……。高貴な方達がどんな話をしているのか気になるというだけの理由です。休憩時間が同じだったので、その時に二度とこんなことはしないように注意しましたが、彼女には自覚がないようで。私に自慢げに盗み聞きした内容を聞かせてきました。食堂内での話題はたとえどんなものであっても他言無用ではありますが、今回ルナが言った内容が内容なだけに、絶対に誰にも話さないようきつく言い含めました。でも噂が回っている以上、彼女が誰かに話したとしか……」

ベラの話を聞いて、チーフはフゥ～と息を吐き出した。

ベラは緊張にガチガチになりながら、チーフの言葉を待つ。

「採用する時に交わした雇用契約書にある通り、この学園内で見聞きしたことを外に漏らすことは禁止されている。それは学園内であればいいというわけではない。それは分かるね？」

「はい」

「王族の方達は常に耳目を集め、自由がない。それは王宮内でも学園内でも、だ。だからせめて昼休憩の短い間だけでも、気の置けない友人達と気を楽にして頂けるように、特別室が作られた。その特別室で食堂のスタッフが盗み聞きなど、あってはならないことだ。しかも噂の内容が内容だ。この噂はあっという間に社交界に広まるだろう。いや、もうすでに広がり始めているかもしれない。そこまで広まってしまっては、もう止めることは不可能だ。我々が出来ることは、噂の出所がここだと分かった時、いかに被害を少なく出来るかくらいだろう。私や学園長の謝罪だけで済むとは思えないが、このままでは君も巻き込まれる可能性がある。君が真面目にコツコツと努力して働いていることは皆に聞いて知っている。そんな君があんなふざけたヤツの巻き添えを食うなどあってはならない。だから、君は何も知らない。この後は誰に何を聞かれても『知りません』で通すんだ。いいね？」

「は、はい」

ベラは勢いよく頷きながら返事をした。

「あの……」

「何だね？」

「ルナは、どうなるのでしょう？」

「ああ、アレには昨日クビを言い渡したよ。だが、今の段階で我々はこの事実は知らないことになっているのでね。表向きは兄が亡くなったので、急だが田舎に帰ることになったということにしてある。アレには不敬罪で死罪になりたくなければ、早々に王都を出ていくように散々脅しておいたからな。今頃は慌てて王都から逃げ出しているだろうさ」

チーフはそう言って口の端を少しだけ上げた。

――一日前。

ルナは仕事終わりにチーフに呼び出され、雇用契約違反ということで即クビを言い渡された。

ちょっと盗み聞きするくらい、バレなければ大丈夫だなんて思っていたのに。

……ベラがチクったんだわ。ほんとムカつく。

噂だって、私が話したのはベラにだけだし、きっとベラが広めたに違いないのに。チーフも不敬罪で処刑されたくなければ王都を出ていけなんて。大げさでしょ？　何で私だけクビなのよ！

ルナは職場に置いてあった私物の入った鞄を肩に掛け、イライラしながら親指の爪を噛み、帰路についていた……はずだった。

「あれ？」

気付けばなぜか噴水広場に来ており、荷物も更に重く感じて噴水のへりに腰掛けた。

「ハァ……」

荷物の重さはなくなったが、気持ちはどんよりと重い。

仕事をクビになり、これからどうしようと溜息ばかりが口から出ていく。

「早く仕事を探さなきゃ……」

呟いた言葉に、

「へえ、やっぱりクビになったんだ」

と見知らぬ男がニヤニヤしながら隣に座った。

「な、何よ、アンタ！」

警戒して睨み付けるが、男は気にする風でもなく驚きの言葉を発した。

「ま、盗み聞きするような奴を雇うところなんてないだろうけどね」

「な、何でそれを……」

血の気がサァッと引いていくルナを見ながら、男は話を続けた。

「俺さ、学園の生徒なんだよね。あの日はさ、ダルくて授業サボって、噴水近くの茂みの裏で横になってたわけ。そうしたらバカみたいにあり得ない話を自慢げに話している奴がいるだろ？　いやぁ、面白い話を聞かせてもらったよ」

まさかあの場に人がいて、聞かれていたなんて。

「あ、あんたが噂を……」

ルナの言葉に男は口の端をこれでもかと厭らしく上げる。

「あんな面白い話、黙っているわけないだろ？　それで、もっと面白い話はないの？」

男の言葉でルナの頭に『不敬罪』の文字が刻まれたように消えずに残る。

今の今まで、軽く考えていた。たかが盗み聞きだと。

噂だって自分には関係ないだなんて、どうしてそんな風に思えたのだろう。

今になってベラとチーフが言ったことを理解し、それと同時に処刑によって自らの首が飛ぶシーンが見えた気がした。

呼吸が苦しい。

死にたくない！　逃げなきゃ、一刻も早く。ここから逃げなきゃ！

もうそれしか考えられなくなっていた。

「し、知らない。私は何も知らない！」

足元に置いた荷物の存在も忘れて、ルナは逃げるようにその場を後にした。

残された男は「あ～あ、行っちゃった」と、楽しそうにその後ろ姿を眺めつつ、

「バカな女」

と呟いて嗤った。

——その後のルナがどうなったのかは、誰も知らない。

第5章　ウィリアムの苦悩

ウィリアムの初恋は四、五歳の頃だったと記憶している。

その頃のウィリアムは今の彼からは想像も出来ないことであるが、軟弱で泣き虫な子どもであった。

今でこそ王国一の剣技を持つと言われる近衛騎士団長（ダニエルの父）に次ぐ腕前だと称されているが、昔は剣の稽古で少し擦りむいただけでも泣いて逃げ出すような、情けない子どもであった。

その日も軽い怪我をして稽古場を逃げ出したウィリアムは、庭園の隅に隠れて泣いていた。

そこにそっとハンカチを差し出してくれた少女。

——それが幼き日のクラウディア・バーネットである。

ウィリアムは彼女に淡い恋心を抱き、次会った時に返せるようにと乳母にハンカチを綺麗に洗うようお願いし、アイロンもキッチリと掛けてもらい、それこそ毎日肌身離さず持ち歩いていた。

そして、その日はやって来た。

少女の姿を遠目に見つけたウィリアムは、その姿を追うように駆け出す。

少女は友人らしい令嬢達と何やら楽しそうに話しながらどこかへ向かっており、ウィリアムはいきなり声を掛けたら驚かせてしまうかもしれないと、少し離れたところでタイミングを計っていたのだが……。

ウィリアムの耳に届く令嬢達が話す会話の内容は思っていたようなものとは違い、とても楽しいと言えるものではなかった。

「そうそう。あなた、隣の領地の男爵家から婚約を打診されたらしいじゃない」

「ええ、爵位は下位でも裕福らしくて、お父様が結構乗り気なの」

どこか嬉しそうに答えた令嬢であったが、次の言葉にその顔を曇らせていく。

「でも『男爵』なのでしょう？」

「……そうですけど」

「私、お相手は『伯爵家以上』で探してもらうよう、お父様にお願いしているの」

遠目で見ている分には仲の良い令嬢達が楽しげにおしゃべりしているように見えるが、実際は醜いマウントの取り合いである。

ウィリアムはただ呆然と聞いていることしか出来ない。

そしてここまで黙って聞いていたウィリアムの初恋の少女——クラウディアが、ニヤリと口の端を上げて得意げに話しだした。

「そうね。でもお願いして待っているだけでは、より良いお話を頂けないと思うわ」

「でも、婚約者をどなたにするか決めるのはお父様だわ。お願いして待つ以外に、何が出来るというの？」

クラウディアの言い方にカチンときたのか、先ほどまでマウントを取っていた令嬢が苛立ちを隠さずに反論する。

「いいこと？　同程度の爵位と資産状況の婚約者候補の令嬢が二人いたとしてよ？　どちらか一人に決める場合、容姿と評判が良い方を選ぶのが当然じゃないかしら？」

クラウディアの説明を聞いていた令嬢達は、なるほど、と頷く。

それに気を良くしたクラウディアは更に話を続けた。

「先日のことだけど、この先の庭園でこんっな小さな怪我で情けなく隠れてメソメソ泣いている男の子がおりましたの。まあ、本人は隠れているつもりでも全然隠れていませんでしたけどね？　通路も近く使用人の目もありましたから、笑顔で優しく声を掛け、そっとハンカチを差し出してあげましたの」

「わざわざ声を掛けたんですか？　ハンカチまで渡して？」

そう言った令嬢の顔には『どうしてそこまでする必要が？』と書いてあり、面倒くさそうな表情をしている。

「もちろん、メリットがなければ頼まれても声を掛けたりなんてしませんわ。それもこれも私の評判を上げるためにしたことですもの」

「評判を上げる？」

「ええ。あの場を見ていた使用人達はどう思ったかしら？　きっと『なんて優しい令嬢なのだろう』と思ったでしょうね。そうして使用人の口から私の優しさが評判になって、きっと条件の良い婚約の打診がくるようになるはずよ！」

とても子どもの会話だと思えないような内容ではあるが、クラウディアはフフンとご機嫌に鼻を鳴らし、他の少女達は感心したように彼女を持ち上げ始めた。

「まあ、素晴らしいですわ！」

「そのようなやり方がありましたのね」

「どこの子どもか知りませんけれど、私の役に立ってくれましたわ」

「それにしても、その子どもは情けないですわね」

「ええ、本当に。ずっと相手をするのも面倒なので医師に診てもらいましょうと言ったら、剣の訓練で怪我したなんて知られたら笑われるだなんて拒否するんですもの」

「まあ、とっくに笑われておりますのに」

くすくす、と令嬢達はバカにするように笑い合う。

そして口々にウィリアムを貶す言葉を放った。

耳を疑いたくなるほどの罵詈雑言を吐く様はとても醜く、そんなことを笑って話している少女達を、どこか異質なもののように感じる。

「それでその後はどうされましたの？」

「『もし笑う人がいたら私が叱ってあげます』と言って医務室に連れていきましたわ」

「さすがクラウディア様ですわ」

令嬢達は楽しげに笑った。

耳を塞ぎたくなるような会話の応酬に、ウィリアムは逃げるようにその場を離れた。

胸がムカムカと気持ち悪くなり、何度も何度も吐いた。

気持ち悪い、気持ち悪い、気持ち悪い。

優しい振りして近付いて、裏ではあんなに醜い顔で悪口を言い合って。

嫌いだ、嫌いだ、嫌いだ。あんな奴ら、大嫌いだ！

でも、一番嫌いなのは弱くて泣き虫な自分だ!!

——その日からウィリアムは苦手だった剣の稽古から泣いて逃げ出すこともなくなり、勉学に励み、弱音を吐かなくなった。いや、吐けなくなったのだ。

ウィリアムの初恋が叶わなかったことは護衛の騎士より報告があったものの、その詳細は王妃や乳母に語られることはなかった。

もしこの時に知らされていれば、王妃や乳母はウィリアムの心に寄り添って、少しずつ傷は塞がっていったに違いない。だがウィリアムの心の傷は誰にも癒されぬまま、心の奥底に押し込まれ忘れ去られていった。

　そして、ウィリアムから笑顔が消えた。

　元々素質があったのか剣の腕はめきめきと上達し、勉学においても優秀と言われ、このままいけば序列通り問題なく王太子に任命されるだろうと言われる頃には、婚約者の席を狙った令嬢達がすり寄ってくるようになっていた。

　面倒くさいと思いながらも、社交辞令として声を掛ければ無駄にベタベタと纏わりつき、何を勘違いしているのか他の令嬢にマウントを取ろうとし、ならばと素っ気ない態度をみせれば泣きわめく。

　この頃にはもう女というものは家柄・資産・容姿にこぞって群がる存在で、信用に値しないものと思うようになっていた。

　とはいえ、それは貴族の令嬢達に対する評価であり、自立している女性に対しては性別に関係なく能力で評価をしてはいたのだ。

　派手に着飾り香水の匂いをプンプンさせてすり寄る令嬢達には嫌悪感しかなく、自分の周囲を信頼出来る友人（もちろん全て男）で固め、必要な時以外は女性には極力関わらないようにしてきた。

　外交でも仕事の話以外、女性の相手は全て弟のオースティンに丸投げしていた。

そして気付けば『氷の王子様』などという呼ばれ方をするように。

しつこいほどに縁談の話はされてきたが、十代までは何とかはぐらかすことが出来たものの。二十代に突入するとそう簡単にはいかない。

それでもと無理やり結婚の話題から逃げていれば、痺れを切らした国王と王妃主催の集団見合いパーティーへ参加させられたのだ。

選ばないという選択肢は与えられていなかった。

誰か一人を選ばなければいけない状況でウィリアムが選んだのは、王族との結婚に全く興味を持たない少女、つまりリリアーナである。

邪魔をせず、出しゃばらず、知性のない下品な女でなければ誰でもよかった。

世継ぎを産んでもらうための結婚なのだ。そこに愛情など期待されても困る。

とはいえ、この先に控える王太子妃教育や諸々の重圧など、かなりの負担を掛けてしまうことだろう。

だから子どもを数人産んでもらった後は、迷惑の掛からない程度に好きに生きてもらって構わないと、そんな風に思っていた。

今思えば、我ながら本当に身勝手なものだと呆れてしまう。

……初めはリリアーナのことも全く信用していなかった。

ギラギラした令嬢を選ぶよりマシだろうという程度のものだった。

だが、気付けばいつも自分の視線の先には彼女がいて、共にいれば自然と笑えるようになり。

いつの間にか、リリアーナは自分にとってなくてはならない存在となっていた。

かつて『氷の王子様』などと呼ばれていた、常に仏頂面で堅物な何とも面白みのない自分の氷を溶かしたのは、他の誰でもなくリリアーナだ。

彼女のお陰で、忙しくとも充実した日々を過ごしていた。

——あの日までは。

すっかり忘れていた存在。

いや、心の奥底に閉じ込めて、二度と表に出てくることなどないと思っていた忌まわしい記憶。

あの女の姿を目にした瞬間、脳内に忘れ去られたはずの記憶が鮮明に蘇ってきたのだ。

抑えようとしても、心の奥底から這い上がってくるようなモヤモヤともムカムカとも表現出来るこの不快さ。それによって生じる苛立ち。

寝付きが悪くなり、体の疲れが取れずに蓄積されていく。集中力も続かない。

あの日から、自分の心がうまくコントロール出来なくなってしまった。

皆が心配そうな顔をしてこちらを見ているのは分かっている。

だが、あんな女のせいで不調をきたしているなど、認めたくない。

認められるわけがない。

認めてはいけない！

夜会はあまり得意ではないとはいえ、シーズン中とあれば参加しないわけにはいかない。

この日も、侯爵家主催の夜会に仕方なく出向いた。

リリアーナが一緒にいてくれることが、せめてもの救いと言えるだろう。

次々と挨拶に訪れる者達と言葉を交わし、ようやくそれから解放されると、

「ウィル、すみませんが少し外しますわね」

チラリとお手洗いの方を見ながら恥ずかしそうに小声で言うリリアーナの頭を撫でる。

「ああ、ここで待っているから行っておいで」

そう言うと、彼女の言うところの『淑女の全速力』でそちらに一直線に向かっていった。

きっと我慢していたのだろう。その後ろ姿も可愛らしくてクックッと笑っていれば、

「まあ、ウィリアム殿下。またお会いしましたわね」

一番聞きたくない声が聞こえてきて、気分が急降下する。

……また今日も来たか。

「あら、リリアーナ様とご一緒ではありませんの？」

……白々しい。リリアーナがお手洗いに行くのを目にしてから寄ってきたくせに。

イライラする気持ちを何とか呑み込み、

「すぐに戻ると思うが、リリアーナに何か用が？」

と問えば、クラウディアは媚びるようにウィリアムの腕に勝手に触れてくる。

「いえ、そういうわけでは……。ではリリアーナ様が戻られるまで、よろしければ私と踊って頂けませんか？」

わざとらしい上目遣いで一体何が目的なのか、夜会の度に何度断ろうとも懲りずにダンスに誘ってくるのだ。

気付かれぬように小さく溜息をついてから、さりげなく触れている手を剝がす。

「何度言われても答えは変わらない。私はリリアーナ以外の女性と踊るつもりはない」

周囲には何事かとこちらの様子を窺っている者もいるため、あまり邪険に扱うことも出来ないことが更にストレスを増やす一因となっている。

出来ることなら、力の限りに振り払ってやりたいところだ。

とはいえ、ここで自分が苛立ちを露わにしてしまえばせっかくの場の雰囲気を壊し、主催者に迷惑を掛けることになってしまう。

ウィリアムは必死に苛立ちを隠そうとするが、そんな努力など関係ないと嘲笑うようにクラウディアはグイグイと押してくる。

「少しテラスでお話しでもしませんか？」

そうして、また媚びるようにクラウディアがウィリアムの腕に触れようとした時。

リリアーナがすぐ側まで戻ってきており、話し掛けるタイミングを計っていることに気付いた。

クラウディアからサッと離れ、

「リリアーナが戻ってきた。用がないなら失礼する」

そう言うと、ウィリアムはリリアーナの元へ向かった。

「ウィル、顔色があまりよろしくありませんわ。今日は挨拶も終えておりますし、少し早いですがお暇させて頂きましょう？」

リリアーナにはそう言われたが、特に具合が悪いわけではない。

しいて言うのならば、先ほどのあの女とのやり取りがあまりにも不快で気疲れしているくらいだ。

早く帰るのは賛成だが、せめてダンスとリリアーナが楽しみにしていたブッフェを堪能してからでもいいのではないかと思い、

「だが、ダンスもまだ踊っていないし、リリーの好きなブッフェもまだ……」

言い掛けたところで、リリアーナに叱られてしまった。

「何を仰ってますの？　そんなことよりもウィルの体調の方が大事ですわ！」

　叱られはしたが、リリアーナが大好きな食べることよりも自分を心配してくれたことが嬉しくて、気を抜くとデレッとしたみっともない顔になってしまうために気を引き締めた。

　若干引き締めすぎて顔が強張っていたようだが、みっともない姿を見せるよりはいいだろうと、この時は呑気にそう思っていたのだ。

　まさかウィリアムには他に想い人がいて、リリアーナと不仲になっているという噂が広まっているなどとは知らず。この時の様子が、

『どうやら噂のお相手はクラウディア様で、二人が話しているところをリリアーナ様が嫉妬して睨み付けていたらしい』

などという噂に繋がるなど、思ってもみなかったのだ。

「あの、一日でいいんです。ウィルとゆっくりお話が出来る時間を作って頂けないでしょうか？」

　遅い昼食をとりに王宮の食堂へと向かったダニエルに、切羽詰まったように話し掛けたのはリリアーナであった。

ウィリアムに休むように言ったところで無駄なことが分かっているのだろう。

だから直接俺のところに来たわけか。

「そうだなぁ、出来れば俺もアイツをゆっくり休ませてやりたいんだが……」

一日でいいとは言うが、一年のうち最も忙しいこの時期において、半日の休みを捻出することすら難しいのだ。

しかもウィリアムの不調によって仕事の効率が落ちており、周囲の者達も休み返上で働いている。

これ以上の負担はその者達の不満を招いてしまうだろう。

「ウィルが何かに悩んでいることは分かっておりますし、これまでは彼から話してくれるのを待とうと思っておりました。ですが、これ以上はもう待てませんわ。このままではウィルが倒れてしまいます！」

ウィリアムを助けたいというその悲痛な叫びに、ダニエルは小さく息を吐いて「分かりました」と呟いた。

「何とか一日、休みを作りましょう。その代わり、何としてもアイツの、ウィルの悩みを聞き出すよう、頼みます」

ウィリアムの側近であり、幼なじみであり、親友でもあるダニエルとて、ウィリアムが心配なのだ。

何に悩んでいるのかは分からないが、常に苛立ち、心の余裕が全くと言っていいほどにない。

助けてやりたくても本人が頑なにそれを拒み、結果見ていることしか出来ない歯がゆさだけが募っていく。

このままではリリアーナの言う通り、ウィリアムは倒れてしまうだろう。

その前に無理やり縛り付けて休ませるという選択肢もあるにはあるが、それでウィリアムがゆっくり休めるなどとは思えない。

むしろ悪化しそうだ。

だが、彼女ならばもしかしたら……。

ある意味賭けのようなものではあったが、ダニエルはリリアーナに託すことにした。

「ありがとうございます！」

安心したようにへにゃりと力のない笑みを見せるリリアーナに、ダニエルはニヤリと悪い笑みを浮かべる。

「その代わり……」

「何でしょうか？」

ダニエルの協力を得られたことですっかり安心しきったリリアーナは、全く緊張感のない様子でコテっと小首を傾げる。

「リリアーナ嬢の弟君だが、なかなかに優秀らしいな？」

「エイデンですか？　ええ、自慢の弟ですわ！」

「正直言って今は不調のウィルを休ませてやれないほどに忙しい。周囲の者達も休み返上で働いている状況だ。その中でウィルに一日休ませるためには、どうしても代わりの人手がいる」

リリアーナは真剣な顔でダニエルの話を聞きながら頷く。

「リリアーナ嬢の弟君を一週間、王宮に寄越してくれ。それならば周囲の者達にも納得させることが出来る」

「生け贄というやつですわね？　分かりました。ウィルのためにエイデンを捧げましょう！」

鼻息荒く胸の前で両手を握りながら半ば叫ぶように言うリリアーナに、ダニエルは呆れたような顔をした。

「おいおい、生け贄とか物騒なことは言わんでくれよ。それに俺から言いだしたことだが、そんな簡単にというか、勝手に決めていいのか？　弟君が怒るんじゃないか？」

「大丈夫ですわ！　それでは私、早速エイデンにお願いの手紙を書いて参りますので、失礼致します」

言うが早いか、リリアーナは淑女の全速力で部屋に戻っていった。

そんなリリアーナの後ろ姿を見ながら、ダニエルは溺愛する姉から生け贄に差し出されるだろうエイデンを、少しだけ気の毒に思う。

「ま、俺らは助かるけどな」

小さく呟きながら、ズズーッと少しだけ冷えてしまったスープを啜るダニエルであった。

エリザベスがその話を耳にしたのは、本当に偶然だった。

「本当にウィリアム殿下の想い人はあの未亡人ですの？　信じられませんわ！」

先日リリアーナを貶めるようなことを言っていた令嬢達がお手洗いで話をしているのだが、如何せん声が大きくて外まで筒抜けなのだ。

たまたま外にいたエリザベスの耳に、令嬢達の話が入ってくる。

幸いにも周囲にはエリザベス以外に人はいないようだが、聞かれていいような内容ではない。

エリザベスは注意してやろうと足を踏み出そうとしたが、

「私だって信じたくはないですわ。ですがあの噂話を流したマイルズ様がそう仰ったのですから、きっとそうなのでしょう」

その言葉に、静かに足を下ろした。

噂を流したのは、マイルズ。

……その名前は耳にしたことがある。ヘイワード家の役立たず、と。

同じ学園に通っている彼はよく授業をサボり、屋上や噴水周辺で寝ているらしい。

問題行動を起こすことが多く、ヘイワード家でも頭を痛めていると聞く。

直接会話したことはないが……。

だがそいつが流した噂のせいで、リリアーナは嫌がらせされるようになったのだ。

絶対に許すものかと、エリザベスはギュッと拳を握った。


放課後、リリアーナとクロエと別れたエリザベスは、屋上へと続く階段を上っていた。

扉を開けた先にあるのは、危険防止の柵が張られた広いだけの殺風景な屋上である。

そこにただ何をするでもなく、だらしなく着崩した制服姿の男性が寝転がっていた。

その男性にエリザベスは苛立ちを表すようにコツコツと靴音を立てて近付くと、

「あなたがヘイワード伯爵家のマイルズ様で合ってるかしら？」

そう言って冷たい視線を向けた。

男性は面倒くさそうに「よっ」と起き上がると、片膝を立てるようにしてその場に座る。

「そうだけど、あんたは？」

エリザベスは胸の前で腕を組むと、『こんな奴に名乗るなんて』とでも言いたそうに顔を歪めて渋々名乗った。

「エリザベス・クーパーよ」

「あ～、王太子の婚約者の取り巻きか」

そう言ってマイルズはニヤリと厭らしい笑みを浮かべた。

「誰が取り巻きよっ！　失礼ね！」

エリザベスは憤慨するが、マイルズは全く気にする様子もなく、

「で？　その取り巻きが俺に何の用？」

ふてぶてしいその態度は更にエリザベスの怒りに火を注ぐ。

「何の用？　じゃないわよ！　リリと王太子殿下のありもしない噂話を広めたのって、アンタでしょ⁉」

ビシッとマイルズに指を差す。

マイルズはそれを面倒くさそうな顔で見た。

「だったら何だよ」

「な、何だよじゃないでしょ⁉　アンタが広めた噂のせいで、リリ達が迷惑してるのよ！」

怒るエリザベスにマイルズは鼻で笑って、

「だったらアンタじゃなくて迷惑してるっていう本人が文句を言いにくればいい。それに盗み聞きされるようなヘマをしたのはアンタ達だろ？　人に知られたくない話をするなら、もっと周りに気を付けるんだな」

そう言うとゆっくりと立ち上がり、クックックッと喉を鳴らして嗤いながら屋上を後にした。

その場に残されたエリザベスは怒りにワナワナと体を震わせて、

「ふざけるなぁぁぁぁぁぁああ‼」

力の限りに叫ぶのだった。

第6章　解氷する心

数日ぶりに会ったウィリアムの顔色は悪く、目の下のクマも更に酷くなっていた。

「ウィル、料理長がお弁当を用意してくれましたの。久しぶりに三日月の丘でデートしましょう！」

リリアーナはわざと元気にはしゃいでみせる。

本当はゆっくりと休ませてあげたい気持ちが大きいが、それでは根本的な解決にはならずにただ長引かせるだけだろう。

ダニエルの協力（プラス、エイデンの生け贄）によって得られた貴重な一日なのだ。

絶対に無駄には出来ないし、何より少しでも早くウィリアムを悩ませる何かから解放してあげたい。リリアーナの願いは、ただそれだけであった。

ウィリアムの様子がおかしくなったあの夜会から、もうすぐ三カ月になる。

側にいるのに苦しんでいる彼を助けてあげられないことが、とても苦しかった。

それはリリアーナ以外のウィリアムに近しい者達にも言えることだろう。

料理長にお願いして作ってもらったお弁当を手に馬車に乗り込み、三日月の丘へと向かう。

王宮から馬車で一～二時間ほど行った郊外にあるそこは、色とりどりの花が並んで植えられており、遠目に見れば虹色の絨毯のように見え、近付けば様々な花の香りを楽しむことが出来る。

近くには向日葵で作られた簡単な迷路もあり、家族連れや恋人達に人気の場所で、そしてウィリアムとリリアーナが初めてデートをした特別な思い出の場所でもある。

あの頃はまだウィリアムに惹かれ始めていることに気付いておらず、ビジネスライクな関係だなどと自分の心に言い訳ばかりしていたことを思い出し、とても懐かしく感じた。

ウィリアムと初めて会ったのは国王陛下主催のお見合いパーティーで、そこでとても失礼な「コレでいい」という言葉で婚約者に選ばれて。

リリアーナは面倒な王太子の婚約者の座から解放されたくて、どうにかして婚約を解消してもらおうと必死になっていた。

それがいつしか両想いとなり、互いの呼び方がウィリアム様からウィルに、リリアーナからリリーに変わり。

今では良き友人となったマリアンヌ王女が来訪した時には、リリアーナが嫉妬して初めての喧嘩をした。

留学生のクリスにウィリアムが嫉妬して、様々な誤解からリリアーナが実家に帰ったこともあった。

この二年ほどの間にあったあらゆる事柄を思い返しながら、隣に座るウィリアムの横顔をそっと覗き見る。

リリアーナの視線に気付いたのか、

「どうした？　眠いのなら私に寄り掛かって眠ってもいいぞ？」

そう言ってクシャリとリリアーナの頭を撫でた。

ああ、本当にこの人は……。

体はとっくに悲鳴を上げているはずなのに、自分のことよりもリリアーナを気遣うウィリアムの優しさに、泣きたい気持ちを押し込んで無理やり笑顔を作る。

「私は大丈夫ですわ。ウィルこそ少し休んでくださいませ。今なら誰も見ておりませんから、特別に膝枕して差し上げますわ！」

肩を竦めておどけたように言えば、ウィリアムはクスリと笑った。

「それはとても魅力的なお誘いだな」

「でしょう？　さあどうぞ！」

嬉しそうに自らの膝をパシパシと叩くリリアーナに、ウィリアムはクックッと笑いながら狭い馬車の中で膝を立てて横になる。

「着きましたらお声掛け致しますから、それまで休んでくださいませね」

「ああ、ありがとう」

ゆっくりと目を瞑ったウィリアムから、すぐにスウスウと寝息が聞こえ始める。

リリアーナはウィリアムを起こさぬよう、そっと彼の頭を撫でた。

ウィリアムが寝始めてから三十分ほどで三日月の丘に到着したと扉をノックされたが、あと三十分だけこのままでとお願いした。

御者や護衛の者達には申し訳ないが、少しだけでもウィリアムに休んでほしかったから。

……ここから先は、リリアーナがウィリアムの心にどこまで寄り添えるか、どこまでウィリアムがリリアーナを頼ってくれるのかに掛かっているのだ。

三十分が経ち、再度ノックの音がしてリリアーナはウィリアムに声を掛けた。

「ウィル、到着しましたよ？」

「ん？　ああ、もう着いたのか。リリーのお陰でグッスリ眠れたよ。ありがとう」

少しだけ顔色の良くなったウィリアムに安堵の息を吐きながら、

「さあ、行きましょう」

と元気に笑顔を見せた。

初デートの時と同じ見晴らしの良い大きな樹の下に敷物を敷き、ウィリアムと二人腰をおろす。

眼前には赤、オレンジ、黄色、白、緑、青、紫、ピンクに並んだ花の絨毯が風に揺れている。

「ウィル、見てっ！　今年も虹の絨毯がとても綺麗ですわ」

サワサワと風に揺られて、微かに木の葉が擦れる音がする。

風が花の香りを運んできて、リリアーナはそれを胸いっぱいに吸い込んだ。

「良い香り……」

風に靡く髪を押さえてウィリアムの方を向けば、虹の絨毯に視線を向けてはいるが、その瞳には何も映していないように見えた。

ウィリアムの少しこけたように見える頬に、リリアーナはそっと手を添える。

寝不足と疲れからか若干荒れてしまった肌を優しく撫でながら、リリアーナはウィリアムと視線を合わせた。

「ウィル……、少し痩せましたわね。目の下にクマもくっきり出ておりますわ。頑張るウィルは素敵ですが、あまり無理をしてほしくありません。私にも何か手伝えることはありませんか？」

ウィリアムはバツが悪そうに、視線をリリアーナからツイと逸らす。

「そうだな、少しばかり忙しくはあるが……。リリーも王太子妃教育で大変だろう？　私のことは心配せずとも大丈夫。手伝いは不要だ。気持ちだけありがたく受け取らせてもらうよ」

仕事の忙しさに加え、精神的な疲労に体が悲鳴を上げているだろうに……。

リリアーナを心配してくれるその気持ちは嬉しくも、今は一番に自分のことを考えてほしいと思った。

少しでもウィリアムの力になりたいと、強く願った。

「毎日は難しくとも、お休みの日でしたらお手伝い出来ますわ。ですから……」

「不要だと言っている！」

大きな声で怒鳴られ、リリアーナの手がビクッと揺れた。

ウィリアムはハッとしたように、

「……あ、その、すまない。大きな声を出したりして、驚かせてしまったな」

慌てて謝罪の言葉を口にし、申し訳なさそうに顔を歪める。

これほどに余裕のない様子のウィリアムを見るのは久しぶりのことで、頑なに悩みを打ち明けようとしてくれないことに、リリアーナは寂しくなる。

だが、それを寂しいだとか不満に思ったりするのは違うと感じた。

残念ながらウィリアムにとってリリアーナは守るべき相手であり、彼の中に守ってもらうという考えがないのだろう。

思えば、リリアーナはいつもウィリアムに守られてばかりだった。

出会った当初はともかく、今はとても大切にされている自覚がある。

そんな守られてばかりの自分に、いきなり守ってやると、頼れと言われても難しいだろう。

今は頼りないかもしれないけれど、これからは守ってもらうだけではなく、ウィリアムを守れるように強くなりたい。

いつまでも守られるだけの存在でなど、いたくはない。

だがこのまま引き下がれば、今後もずっと自分はただウィリアムに守られるだけの存在となってしまうだろう。

――そんなことは望んでいない。

リリアーナの望みは、ウィリアムの隣に堂々と胸を張って並び立つことである。

決してオロオロと後ろに隠れて立つことではないのだ。

「私ではお役に立てませんか？　ウィルが何に対して悩んでおられるかは分からずとも、何かに悩み苦しんでおられることだけは私にも分かります。私もウィルと一緒に悩むことは出来ませんか？」

悩みを聞いたところで、解決に導く答えなんて持ってなどいないかもしれない。

ただの自己満足と言えるかもしれない。

それでも、たとえわがままと言われようとも、ウィリアムと一緒に悩んでいきたいのだ。

「嬉しいことや楽しいことばかりではなく、辛いことや悲しいことや悔しいこと、そういったものも含めてウィルと一緒に感じていきたい。一緒に背負える存在でありたい。一人で苦しまないでほしい。……もう、一人で苦しむウィルを見ているだけなんて、嫌なんです！　私もあなたと一緒に苦しみたい。あなたの心に寄り添いたい。寄り添ってもらいたい。だから……」

続く『お願い』という言葉を紡ぐことが出来なかった。

なぜならウィリアムにギュッと力強く抱き締められたから――。

「……リリー、心配を掛けてすまない。ありがとう」

その声は少し震えており、リリアーナを抱き締めるその腕も、少しだけ震えているように感じた。

リリアーナの想いをウィリアムが受け取ってくれたことに安堵し、リリアーナはそっとウィリアムの背に手を回す。

ウィリアムの胸元に顔を埋めると少しだけ、涙が出た。

どれほどの時間、そうしていたのか。

ウィリアムがゆっくりと抱き締める腕を解くとリリアーナも背に回した腕を下ろし、二人は視線を合わせて愛おしさをにじませた笑みを互いに向ける。

「リリー、泣かせてしまったな……。すまなかった」

ウィリアムはリリアーナの頬に手を添えると、まだ乾いていない涙袋を親指で優しく拭った。

「謝らないでくださいまし。私はウィルの側にいられるのなら、どんなにわがままを言われても、迷惑を掛けられても構いませんの。今の私はまだ頼りないかもしれませんが、これからはウィルに頼ってもらえるように、もっともっと強くなりますわ。ウィルの隣は私の、私だけの場所ですもの」

「そうか、リリーは私のために強くなると言ってくれるのだな」

ウィリアムは優しい笑みを浮かべ、それから何かを決意したように小さく息を吐いてから言葉を紡ぐ。

「私が悩んでいるのは、いつも夜会で話し掛けてくる女性のことなんだ」

「……クラウディア様のことですね？」

その名を聞き、ウィリアムが目を見開く。

「知っていたのか？」

「ええ。最近夜会に出席する度にウィルが女性に囲まれておりましたけれど、その中でもクラウディア様に対してだけ、ウィルの反応が違うと思っていましたの」

「気付いていたのか……」

表には出さないようにしていたつもりなのに。

ウィリアムは苦虫を噛み潰したような表情をする。

「……あまり面白い話ではないが、聞いてくれるか？」

リリアーナはウィリアムの手に自らの手を重ね、「はい」と返した。

その返事を聞き、ウィリアムはゆっくり初恋相手であるクラウディアの話を始めた。


「我ながら情けないな。もう遠い過去のことと割り切っていたはずなのに、思い出すだけで、あの女の姿を目にするだけで、こんなにも苛立つ心を制御出来なくなるとは……。出来ればこんな情けない自分をリリーには見せたくなかった。皆にも心配を掛けているのは分かっていたが、それでもこんなみっともない姿を知られたくなかったんだ」

ウィリアムはそう言って、苦しそうに力なくハハ……と笑った。

それまで静かにウィリアムの話を聞いていたリリアーナの瞳に怒りの炎が灯る。

クラウディアに対して、これ以上ないほどに憤慨していたのだ。

己の存在を否定されるというのは大人であっても辛く傷付くものであるのに、ましてや小さな子どもが、それも好きな相手からそれをされたのだ。

一人孤独に傷付き泣いていたウィリアムの幼い心を思い、リリアーナは苦しくなった。

幼い恋心は無残にも打ち砕かれ、どんなに辛かったであろう、と。

騎士が詳しく報告をせず簡単に済ましてしまったばかりに、ウィリアムは独りで深く傷付いた心を持て余し、奥深くに封じることしか出来なかったのだ。

その時にきちんと報告してくれていたら、とリリアーナはその騎士にも怒りを感じていた。

そこにあるのは打算も大人の都合もない純粋な想いだったからこそ、きちんとウィリアムの傷付いた心に寄り添ってあげるべきだったのに。

——時は流れ、けれどもその心の傷は癒されぬまま誰にも、本人にさえ気付かれずに心の奥底でずっと、ジクジクと赤い血を流し続けてきた。

そして今またその心の傷がパックリと割れて、再びウィリアムの心を蝕んでいるのだ。

クラウディアは自分が過去に貶めた相手がウィリアムだとは気付いていないようで、何を思ってか夜会の度にすり寄るような真似をし、その度に彼の心を怒りで波立たせて傷を広げている。

自分を律しなければという気持ちが強すぎて心に余裕がなくなり、そんな自分を責めて更に余裕がなくなるという悪循環。

真面目故に、自分を甘やかすことが出来ない不器用な人。

そんな不器用なウィリアムのことを、リリアーナは何よりも愛おしく思い、そっと抱き締めた。傷付いた、幼かったあの頃のウィリアムも一緒に包み込むように。

「ウィルは情けなくなんてありませんわ。心に大きな傷を負いながら、ずっと一人で頑張ってきたあなたが情けないなんて……。そんなこと、あるはずがないですわ！　ウィルは真面目で優しすぎるのです。傷付けられたなら痛いと泣いていいんです。もっと怒ってもいいんです。なじってもいいんです。傷付けられた分声に出して吐き出さなければ、いつまで経っても傷は癒えませんわ。ですから、今からでも遅くありません。怒ってください。泣きわめいてください。私が、ウィルの全てを受け止めますわ！」

ウィリアムはリリアーナの言葉に驚いたような表情を見せた後、少し恥ずかしそうに、けれども嬉しさを含んだ笑みを見せた。

「リリー？　さすがに大の大人が泣きわめくのは恥ずかしくないか？　……だが、そうか。私は怒ればよかったのか。心の奥底に閉じ込めたりせず、この怒りを発散させてやればよかったのか。もっと早くリリーに話していたら、ここまでみっともない姿を見せずに済んだのかもな」

「あら、みっともない姿であっても、情けない姿であっても、私はウィルの全てを受け止めると申しましたでしょう？」

フワリと微笑むリリアーナに少しだけ見惚れていたウィリアムは、何ともバツが悪そうに頬を掻いた。

「いや、さすがにそれは……。出来ればリリーには格好いい姿だけを見せたいのだが？」

リリアーナはキョトンとした顔をした後、うふふと笑う。

「ウィルはいつだって格好いいですわ。ですから、たまにはみっともない姿を見せてくださっても構いませんのよ？」

「……ありがとう」

どんな姿でも受け入れると、みっともない姿を見せてもいいのだと言ってくれたリリアーナの気持ちは、ウィリアムにとって天にも昇るほどに嬉しい。

だがそこはやはり男の面子というか、プライドというか。

極力情けない姿は見せたくないが、きっと今更だろうなどとウィリアムが思っていると、

「ですからウィル、今から怒りましょう！」

「……は？　え？　今からか？」

突然笑顔のリリアーナに怒れと言われ、素っ頓狂な声が出てしまった。

「ええ、今からです。怒りの感情を継続するのはとっても疲れますのよ？　ですからウィルの中にある不快に思うもの全てを吐き出して、スッキリ気分爽快にさせるのですわ！」

「いや、だが……」

リリアーナの言いたいことは分かる。

分かるのだが、あくまでもここは屋外であり、小声で話す分には聞かれる心配はないだろうが、万が一ということもある。

少し離れた場所には親子連れや恋人達が散歩を楽しんでいるのだ。

ウィリアムが戸惑うのも仕方がないと言えよう。

「ウィル、ほら。恥ずかしがっていてはスッキリ気分爽快は出来ませんわよ？」

「いや、別に恥ずかしがっているわけでは……」

「もしかして、どういう風に怒るべきか迷っておられますの？　でしたら、私が見本をお見せ致しましょうか？」

なぜそうなる？

リリアーナの少しばかりズレた返答に苦笑しつつも、ウィリアムはその見本とやらを見てみたいと思った。

「では、お願い出来るかな？」

「ええ、構いませんわ」

リリアーナはニッコリ笑うと、なぜか地味に嫌なお祈り（呪い）を始めた。

「クラウディア様の鼻毛がモッサリ生えてきますように！　ヒールが溝にハマって人前ですってんころりんしますように！　パスタを食している時に、急なくしゃみが出て鼻からパスタがにょろりと出てきますように！　それに、それに……」

久しぶりに聞いた鼻毛のお祈り（パワーアップバージョン）とそれに続くお祈りに、気付けばウィリアムは声を出さずに体を震わせて笑っていた。

人間は笑いすぎると声も出なくなるのだということを、二十五歳にして初めて知ったのだ。貴重な経験である。

「……笑ってこんなに疲れたのは、生まれて初めての経験だな」

笑いすぎて若干涙目のウィリアムに、リリアーナは拗ねたように「笑いすぎですわ」と言った。

ウィリアムは「すまない」と謝罪の言葉を口にしながらリリアーナの頭を撫でて、誤魔化すように強引に話を戻した。

「それで？　今の地味に嫌なお祈りがリリーの怒り方なのかい？」

「ええ、そうですわ。先ほども申しましたように、怒ることって、実はとても疲れますでしょう？　ですから怒りを感じたら、なるべく早く相手が『嫌だなぁ』と感じるお祈りを捧げますの。怒らせるようなことをする相手のために『怒り』という名の労力を使い続けるなど、もったいないですわ」

確かにそんな相手のために労力を使うのはもったいないと言えるかもしれないが、だからといってそんな簡単に怒りはなくなるものなのだろうか？

「だが、それでもその怒りが収まらなかったら？」

「それでも怒りが収まらない時は……そうですわね、相手を心の中でものすごく可哀想な人に仕立て上げますの。そうすれば『これだけ可哀想な人なのだから仕方がない』、『怒る価値もない相手だった』という気になりますわ」

「可哀想な人？」

「ええ。たとえば『この方には真面なお友達がいらっしゃらないから、自らがどれだけ恥ずべき行為を行っているのかも教えてもらえないのね、お気の毒ですこと』とか」

「それって……」

ウィリアムにはそのたとえがクラウディアのことを言っているように思えたのだが、

「いやですわ、たとえばの話ですわ」

リリアーナはコロコロと笑いながら、あくまでもたとえ話だと言い切る。

「心の中でこれ以上ないほどに可哀想な人に仕立て上げてスッキリした後は、しっかり睡眠をとって綺麗さっぱり忘れてしまえばいいのですわ」

簡単でしょう？　なんて笑い飛ばすリリアーナの心のしなやかさというか、心の強さをウィリアムは見た気がした。

「リリー、ありがとう」

「どう致しまして。大したことはしておりませんけれど」

「そんなことはないさ。リリーが私のために怒ってくれる姿が嬉しかった」

そう言ってフッと笑った顔は、とても柔らかい優しい顔をしていたらしい。

間近でそんな顔を見てしまったリリアーナは、顔を真っ赤にしてアワアワしている。

「ウィ、ウィルのためだけではなくて、私自身のためにも怒っておりましたし……」

「リリー自身のため？」

「ええ。ウィルを傷付けたことももちろん許せませんけれど、それに……」

「それに？」

「それに……」

「リリー？」

「～ウィルは意地悪ですわ！」

むぅっと頰を膨らませてリリアーナは横を向いてしまった。

ウィリアムはリリアーナの頰を両手で優しく覆う。

そしてゆっくりとリリアーナの顔を自分の方へ向けさせると、コツンと額を合わせた。

「リリーの思っていることを教えて？　聞きたいんだ」

囁くようにそう言って額をゆっくり離すと、リリアーナの顔を覗き込んで視線を合わせる。

少しの間口を開けたり閉じたりしていたリリアーナであったが、そのうち渋々といった体でモゴモゴと話しだした。

「夜会の度にウィルに近寄ってくるので、その……」

「リリー？」

「べ、別にウィルの気持ちを疑っているとか、そういうことではなくてっ。たとえそこにウィルの気持ちが全くなかったとしても、私以外の女性に近寄ってほしくなかったというか……。そのせいでずっとウィルとゆっくり話す時間も取れなくなりましたし……。ううう、た、ただの私のわがままですわ！」

最後はもう恥ずかしすぎたのか、ただの逆ギレである。

出来れば顔を背けてしまいたい状況なのだろうが、ウィリアムが両手でリリアーナの頰を覆っているため、逸らすことも俯くことも出来ず、ギュッと瞳を瞑っている。顔を真っ赤に染めて。

リリアーナは恥ずかしがってなかなか自分の気持ちを言葉にしないため、こうして時々無理やり言わせてしまうウィリアムであったが、本当は無理やりではなく彼女の意思で伝えてほしいと思う。

とはいえ、今回の逆ギレはウィリアムを想って嫉妬していたという、何とも可愛らしい理由である。

ウィリアムの口角はこれ以上ないほどに上がっていた。

本当にもう、今でさえリリアーナにはベタ惚れだというのに、まだ惚れさせようというのか。

見た目は小さくて可愛らしい小動物系な彼女であるが、その懐はどこまでも広く大きい。守っているつもりで、だが今回ばかりはウィリアムの方が守られたと言えるだろう。

どうしようもなかった心の傷が、リリアーナによって少しずつ塞がっていく。

二十年近く、誰にも気付かれることのなかった心の傷に寄り添い癒してくれたリリアーナに、感謝の気持ちと愛おしさが次々と溢れ出て止まらない。

「リリー……」

切ない吐息を漏らし、ウィリアムの顔がリリアーナに近付いたその時。

「嬢ちゃん、ここ外な」

お邪魔虫ケヴィンがニヤリと笑いながらリリアーナに告げると、リリアーナはクワッと目を見開いたと同時に慌てて掌を前へと突き出し……バチンという音を立ててウィリアムの頬にヒットした。

「あ……」

どこかで見たような状況である。

ウィリアムはプルプルと怒りに震え、

「ケヴィン！　おのれ、一度ならず二度までもっ！　後で覚えておけ!!」

と叫ぶも、ケヴィンは緩く「へ～い」と返事をして後ろ手に手を振りながら、他の護衛達のいる位置まで下がっていった。

リリアーナが少し恥ずかしそうに視線を逸らしながら声を掛けてくる。

「あの、その、ウィル？　そろそろお腹が空きませんか？」

どうやら羞恥によって、先ほどのことはなかったことにしようとしているらしい。

思えばリリアーナが初めてウィリアムの部屋に来た時も、口いっぱいに頬張る菓子を紅茶で流し込み、なかったことにしようとしていた。……なかったことにはならなかったが。

リリアーナのそんな行動は、いちいちウィリアムのツボをついてくる。

本当に、どこまで惚れさせれば気が済むというのか。

ウィリアムは小さく笑いながら、

「そうだな、そろそろ料理長渾身の弁当を頂くとしよう」

と、リリアーナの頭を撫でた。


「ウィ、ウィル？　あの、普通に食べませんか？」

ウィリアムの膝の上にはリリアーナ。

そしてリリアーナの口の前には甘辛く味付けした唐揚げを挟んだサンドイッチがウィリアムの手によって待機中である。

溢れんばかりの笑みを向けて手ずから食べさせようとするウィリアムに、リリアーナは頬を引きつらせた。

すぐ近くには護衛の騎士達がおり、少し離れたところには散歩やデートを楽しむ者達がいる。

そんな場所での『あ〜ん』など、難易度が高すぎるとリリアーナはきっと思っていることだろう。

それを分かった上で、ウィリアムはリリアーナの口元のサンドイッチを下ろす気はない。

リリアーナが諦めて『あ〜ん』をするのが先か、ウィリアムが諦めて手を下ろすのが先か。この根競べではいつもウィリアムに軍配が上がっているのだから、『いい加減諦めればいいのに』と思いつつ。

焦って視線を激しく泳がせる、挙動不審なリリアーナの姿を見るのが、ウィリアムは好きなのだ。

ダニエルやケヴィンからは『子どもが好きな子をいじめるアレか』と呆れられているが、『いじめているのではない。可愛がっているのだ』と言えば、二人して盛大な溜息をつく。

まあ、これぱかりは誰に何を言われようとも、やめるつもりはない。

いつものように根負けしたリリアーナは、仕方ないとばかりにサンドイッチにパクついた。

口に入ると途端に幸せそうな笑みを浮かべ、とても美味しそうに食べている。

その笑顔を見ていると、ウィリアムも幸せな気持ちになる。

そして咀嚼を終えると、ハッと気付いて恥ずかしそうに小さな体を更に縮こませるのだ。

もう可愛いとしか言えないだろう。

今更ながら、リリアーナの卒業まで結婚を待つことにしたのは失敗だったのではという思いが、ウィリアムには浮かんでくる。

いや、だがそうでなければあの溢れんばかりの笑みは見られなかったわけで。

やはりここはウィリアムが我慢するのが正解なのだろう。

我慢はする。我慢するが……少しばかりご褒美をもらったとしても、罰は当たらないはずだ。

「リリー、私にも食べさせてくれないか？」

「ほえっ⁉」

驚きに変な声を出すリリアーナ。

笑顔で見つめていれば、諦めたようにサンドイッチを手に取り、ウィリアムの口元へ持っていく。

「美味いな」

普通に食べても美味しいのだろうが、こうしてリリアーナに食べさせてもらえば更に美味しいと感じる。

「ええ、料理長が腕によりを掛けて作ってくださいましたから」

嬉しそうに話すリリアーナに優しい眼差しを向けると、彼女は恥ずかしそうに視線を虹色の絨毯へと向けた。

風が優しく頬を撫で、ほのかな花の香りが漂う。

時折楽しそうな子どもの笑い声が風に運ばれてくる。

ウィリアムは久しぶりに穏やかな気持ちでそれらに耳を傾けた。

気持ちと共に体も幾分か軽くなった気がする。

「リリー」

呼ばれてリリアーナが振り向く。

「これからもずっと、隣で私を支えていてほしい」

「もちろんですわ！」

一点の曇りもない笑顔でリリアーナは答えた。

幕間 ◆ 同盟結成？

カラカラと音を立てて引き戸を開ければ、子ども達が笑顔で駆け寄ってくる。

「にに様だ～」

「にに様来たぁ」

いつの間にか『子ども達の家』でのイアンの呼び方は『にに様』で定着してしまったようである。

まあ、余程酷いものでなければ好きに呼んでもらって構わない。

「こんにちは」

頭を撫でると嬉しそうに笑う子ども達に癒される。

リリアーナが忙しい時間を縫ってまでここに来る理由が分かる気がした。

「ルークはいないのか？」

教室内をザッと見渡したが、どこにもルークの姿はない。

「ルーク兄ちゃんは工房にお手伝いに行ってるよ」

ルークより一つ二つ下くらいの年齢だろう少年がはきはきと答える。

「じゃあ、今日はここには来ないのかな？」

「ううん、いつも手伝いが終わってからここに来てる。多分もう少しで帰ってくると思うよ」

「そうか、ありがとう」

クシャッと頭を撫でると、嬉しそうにエヘヘと笑う。

こうしてみると、皆本当に素直で可愛らしい普通の子ども達だと思う。

リリアーナ達が『子ども達の家』を作るまで、盗みを働いて生活していたようにはとても思えないほどに。

前にアマーリエが言っていた『環境がそうさせている』という言葉がストンと胸に落ちる。

残念ながら、こういった環境はなくならないだろう。

だが、少しでも減らしていくことは出来るはずだ。

領地に出来るだけ多くの子ども達を受け入れられるよう、今以上に領地経営を学ぼうとイアンは強く誓った。

「にに様、遊んで？」

袖をツンツンと引っ張り、おずおずと声を掛けてくる子どもに、

「遊ぶのはいいが、ちゃんと勉強もしているか？」

そう聞けば、皆が次々とどれだけ頑張っているか報告をしに来てくれる。

「見て見て、全部正解って褒められたの～」

嬉しそうに解答用紙を見せてくる様子が幼い頃のリリアーナと重なり、己の顔に自然と笑みが浮かぶのが分かった。

「頑張ったな」と言って頭をポンポンしてやれば無邪気に笑う。

他の子ども達も次々に「私もポンポンして～」と言いながらなぜか背中をよじ登ってくる。

イアンの体に何人もの子ども達がぶら下がり大騒ぎしていれば、引き戸を開けて誰かが教室の中に入ってきた。

「あらあら」

何とも緩いその話し方はアマーリエだろう。

「皆楽しそうね」

大きな籠を持って、うふふと笑っている。

「あ～、マーリ様、マーリ様だぁ」

「マーリ様、今日のおやつはなぁに？」

子ども達は現金なもので、甘いお菓子の香りにつられて急ぎイアンの元からアマーリエの元へ駆け出していってしまった。

今日のおやつはドライフルーツ入りのカップケーキらしい。

子ども達が大喜びでアマーリエにお礼を言って、お行儀よく座って食べ始めた。

「イアン様、こんにちは。イアン様もいかがですか？」

「アマーリエ嬢、こんにちは。いいのかい？　ありがたく一つ頂こう」

焼きたてを持ってきたのであろうそれはまだほんのり温かく、口に入れるとドライフルーツの優しい甘さが広がる。

「美味いな」

思わず呟けば、アマーリエが嬉しそうに微笑みながらこちらを見ていた。

話し掛けようと口を開きかけた時「あれ？　にに様？」と呼ばれて振り向くと、ルークとシェリーが立っていた。

「お帰り」と言うと、二人とも嬉しそうな、それでいて恥ずかしそうな何とも言えない顔をして「ただいま」と言った。

「今日は君達が領地に移住する日が決まったのを伝えに来た」


今イアンの前に並んで座っているのは、今回ヴィリアーズ領に移住することに決まったルークとシェリーとライリーとエレナの四人。

社交シーズンが終わり、領地に戻るイアンと共に馬車で向かう予定だ。

「君達はあとひと月ほどで私と一緒に領地へ向かうことになる。前に説明した通り、君達に仕事を教えてくれる各農家に居候させてもらう形になるが、それの費用についてはヴィリアーズ家が負担する。食事は三食出るし、仕事を覚えるまでは少ないが給料もきちんと支払われる。何か必要なものがあれば支度金を渡すから、その範囲内で見繕ってくれ。余った金は今後のために取っておいてもいいし、好きに使ってくれても構わない」

イアンの言葉にルークが困ったように質問してきた。

「にに様さ、支度って言われても、俺ら何を用意すればいいのかさっぱり分からないんだけど」

イアンは改めてルークたちの姿をジッと見る。

子ども達は先生達の指導によって毎日井戸の横で体を綺麗に拭くことを覚えた。

協力者が増え、着なくなった服などを譲ってくれる者もいるため、以前のようにずっと同じ服を着ていることはなくなったが、毎日着替えるほどの数はない。

そもそも子ども達は生活に必要な最低限の物しか持っていない。

これからの生活に向けて何がどれだけ必要なのかが分からないのだろう。

「そうか、では最低限必要だと思われる着替えなどはこちらで用意しよう。それ以外に何か持っていきたいものがあれば、各自で揃えるように」

そう言ってイアンは当初予定していた支度金より少し減らしたお金の入った麻袋を四

人に渡した。

麻袋の中を確認したルークが慌てている。

「お、多すぎるよ！　もう十分良くしてもらっているのに、こんなにもらえねえよ！」

イアンは少しかがんで視線をルークに合わせ、

「これは、君達にただあげるわけではない。君達がこれから一生懸命働いて、共に領地を盛り立ててもらうための謂わば投資だ。リリだけでなく、私も君達に期待している。だから、この金を無駄な出費にさせないでくれよ？」

いたずらっぽい目を向けて、ルークの頭をくしゃりと撫でた。

「や、約束する！　絶対に後悔させないように、俺、頑張るからっ！　リリ様とにに様達がくれたチャンスを、絶対に無駄にしないからっ！」

ルーク以外の三人も、瞳をうるうるさせながら一生懸命に頷いている。

「ああ、期待している」

領地に戻る前にもう一度来る約束をして、イアンは『子ども達の家』を出た。

イアンが『子ども達の家』を出て少ししてから、アマーリエも子ども達に手を振ってガ

ラス扉を開けて外に出た。

すると扉のすぐ横の壁に寄り掛かるようにして立っているイアンに気付き、少しだけ驚く。

「イアン様、もうお帰りになられたとばかり……」

アマーリエがそう言うと、イアンは少し決まりが悪そうに話しだした。

「いや、子ども達の前では話しづらくてね。ここであなたを待たせてもらうことにしたんだ。アマーリエ嬢。つかぬ事をお聞きするが、社交シーズン最後に行われる王宮主催の夜会なんだが、あなたのパートナーはもう決まっているのかな？」

「……多分両親と参加することになると思いますわ。男兄弟はおりませんし、従兄弟達は私より十以上も上で、皆結婚されておりますので」

「では、私のパートナーとして一緒に参加してもらえないだろうか？」

「私がイアン様のパートナー、ですか？」

アマーリエは不思議そうに小首を傾げた。

下位貴族というのもあるが、アマーリエはあまり夜会に参加したことがない。

これまでに参加した夜会は片手で数えられる程度である。

そんなアマーリエであっても、イアンが令嬢達からとても人気が高いことは知っているのだ。

「その、ダメだろうか？」

「いえ、ダメというわけではありませんが、いつもはどなたと参加していらっしゃいましたの？」

アマーリエが『その方をお誘いすればいいのでは？』と暗にほのめかすように言葉にすれば、イアンは困ったような顔をする。

「いつもは従姉妹達にお願いしていたんだが、どうも恋人が出来たらしくてね。今回のエスコートを断られてしまったんだよ」

「それで私に……。ですが、イアン様のパートナーでしたら私のような貧乏子爵家の娘などではなく、もっと素敵な方がたくさんいらっしゃるのでは？」

「いや、まぁ、何というか。ヘタにお願いすると後々面倒になりそうで……」

バツが悪そうに頬を掻くイアンに、アマーリエは心の中で『モテすぎるのも問題ね』と思いつつも、ドレスのことを思い出し少しだけ憂鬱な気持ちになった。

ベルマン子爵家の生活水準は、平民より少しだけ裕福な程度の貧乏子爵家である。

それ故に、夜会の度に新しいドレスを新調するようなお金など、逆立ちしても出てこない。

自分だけならば古い型のドレスをリメイクして出席し、目ざとい令嬢達に嘲笑されるのも慣れている。

だが、イアンと一緒に参加するとなれば、それこそイアンが要らぬ恥をかいてしまうだろう。

であれば、やはりここはお断りするのが一番いいのではないかと思った。

「あの……」

「何かな？」

柔らかい笑みを見せるイアンに言葉が詰まるが、言わないわけにはいかないとアマーリエは言葉を絞り出す。

「私と一緒にいるとイアン様まで笑われてしまうかもしれませんから、お断りし」

「なぜ？」

「……え？」

被せるように『なぜ？』と問われるが、古いドレスしかありませんなどと、言えるわけがない。

それを言ってしまえば、暗に『ドレスを買ってくれ』と強請っているように聞こえかねないではないか。

いかに貧乏子爵とはいえ、貴族令嬢としてのプライドは一応あるのだ。

けれども目の前のこのお方は、きちんと答えるまでは引かないといった目で見てくる。

「イアン様もご存じの通り、ベルマン家は貧乏子爵家ですわ。イアン様に相応しい装いなど出来」

「なるほど」

「ませ……ん？」

「ドレスのことを気にされているのだな。それはこちらで用意しよう」

「そんな、そこまでして頂く理由がありませんわ」

「いや、私のお願いを聞いてもらうのだから当然だ」

「ですが……」

「アマーリエ嬢は今噂になっている、リリとウィリアム殿下の不仲説を耳にしたことはあるかい？」

　何とかお断りの言葉を口にしようとしたアマーリエに被せるように言ったイアンの言葉に、アマーリエは頷きながら少しだけ不愉快そうに顔を顰めて言った。

「詳しくは存じませんが、少しだけ耳にしたことがありますわ。そんな噂、嘘だと決まっているのに……」

『子ども達の家』でも、いかにウィリアムがリリアーナを溺愛しているかを子ども達が楽しそうに教えてくれる。

　アマーリエ自身は二人が一緒にいる姿をまだ目にしてはいないが、リリアーナのあんなに可愛らしい姿を前にして、ウィリアムが溺愛するのは当然だと思う。

それにリリアーナはアマーリエにとって大切な友人であり、こんな酷い噂を流すなんて許せなかった。

だから噂を楽しそうに話す者達とは、距離を置くようにした。無理に尊敬出来もしない人達と一緒にいる必要はないと思ったのだ。

イアンは軽く頷いて、

「社交界だけでなく、学園でもその噂が広まっているそうだ。正直言って事実無根なんだが、それを信じている者がかなりいるようでね。いや、この場合、信じたい者と言った方がいいのかな？　……リリは痛いとか苦しいとか、昔から誰にも言わずに我慢してしまう子でね。今回も嫌な目に遭っているのに、何も言ってくれないんだ」

寂しそうに目を伏せ、それを聞いたアマーリエは怒りにムウッと頬を膨らました。

学園でも嫌がらせを受けているだろう姿を想像すると、胸が痛いほど締め付けられた。

「そんなの、許せませんわ」

社交界というところは一見とても華やかな世界に見えるが、その裏はとても綺麗とは程遠い、醜い嫉妬による足の引っ張り合いが当然のように行われているのである。

たとえ事実と違う噂であったとしても、対応次第で二度と社交の場に出ることが出来なくなることもあるのだ。

高位貴族になるほどに、表情に出さず毅然とした態度を取れるよう小さな頃から訓練をされるのだが、だからといって辛くないわけがない。

「シーズン最後を締めくくる王宮主催の夜会には、もちろんリリアーナ達も参加する。……多くの者が集まれば集まっただけ、必然的に悪意を持つ者も多くなる。少しでもその悪意からリリを守りたいんだ。パートナーとして、君のことは信頼出来る。だから、頼む。私と一緒に夜会に出てほしい」

イアンの真剣な瞳に見つめられ、アマーリエは今度こそニッコリと笑顔を見せて快諾した。

そういった事情があるのならば自分も手助けしたいし、何より信頼していると言われたことが嬉しかった。

「そういうことでしたら、喜んで。リリ様が夜会で嫌な思いをされるのを黙って見過ごすことなど出来ませんわ。全力でリリ様を守りましょう！」

胸の前で両拳を握って鼻息荒く宣言するアマーリエに、イアンが噴き出す。

ジトッとした目で睨み付けるが、イアンは笑いながらアマーリエの頭を撫でた。

「ごめんごめん、つい可愛らしくて」

「か、可愛い⁉」

可愛いなど、祖父のデニスや古くからデニスに仕える者達にしか言われたことがない。

社交辞令か冗談なのだろうが、見目麗しい男性から言われるのは心臓に悪いのでやめ

てほしいと、アマーリエは切に願う。

「それでだ。アマーリエ嬢の都合のいい日を教えてほしいんだが？」

「はい？」

なぜ？　というのが言葉にせずとも顔に出ていたのだろう。

いまだ頭の上に置かれた手は、撫でからのポンポンへと移行しており、きっといつもはリリアーナにしているのだろうとアマーリエはぼんやりと思う。

イアンはクックッと楽しそうに笑いながら、

「ドレスを見に行こう」

と言った。

第7章　シーズン最後の夜会

クラウディアは苛立ちを隠せずに顔を顰めながら爪を噛んでいた。

彼女の中にある感情は『なぜ？』『どうして？』である。

王太子であるウィリアムの想い人は自分であるはずなのに、と。

王太子が参加すると聞いた夜会には全て参加した。

招待状が来ていない夜会には、ありとあらゆる伝手を使い無理やりに。

いつでも声を掛けてもらえるように近くに待機しているにもかかわらず、あちらからは全く誘ってくる様子がない。

ならばと、

「殿下、よろしければわたくしと踊って頂けませんか？」

満面の笑みで声を掛ければ、ウィリアムは眉間に深く皺を刻み、断りの言葉を突き付けられた。

「私はリリアーナ以外の女性と踊るつもりはない」

（……ああ、名前だけの婚約者とはいえ彼女の前で想い人である私と踊るのは気が引ける

というとですのね)

他国に嫁いでいたクラウディアには、ウィリアムとリリアーナの婚約は「コレでいい」といって決まったものという認識しかなかった。

その後ウィリアムがリリアーナを溺愛し始めたという一番大事な部分は、自分に都合よく脳内から締め出してしまったらしい。

ウィリアムから向けられる冷たい視線も、想い人である自分からせっかく声を掛けられたのに、それに答えることが出来ない葛藤だなどと思い込んでいた。

けれどどうしたことか、自分以外の令嬢達までウィリアムに声を掛けているのが気に食わない。

(彼の想い人はこの私よ! 勝手に声を掛けるんじゃないわよ!)

苛立ちを隠せずに睨み付ければ、生意気にも睨み返してきた。

そしてすれ違いざまに「年増の未亡人のくせに」と、自分にしか聞き取れないほどの小さな声で囁いたのだ。

キッと睨めば扇子越しに口角を上げてニヤリと笑いながら去っていく。

なんて生意気なっ!

顔は覚えた。己が王太子妃になった暁には、ありとあらゆる嫌がらせをしてやろうと、クラウディアは令嬢の背中を醜く睨み付けた。

彼女達に負けないようにと毎回ウィリアムに声を掛け、「王太子殿下の想い人はクラウディアだ」という噂がどんどん広まっていくのに酔いしれた。

ここまで広がっていたらもう確実——と思っていたのに。

「誰がこんな頭にしてくれと頼んだのよ！」

怒りに任せて鏡台の上にあったブラシをまだ年若い侍女へ投げ付けた。

前回の夜会では、ウィリアムの隣にいた婚約者は、自分から見ても見事だと思うほどに複雑に編み込まれた髪型をしていた。

何だか見せつけられた気がして、今日の夜会には自分も複雑な編み込みの髪を披露しようと思ったのに。

鏡の中の自分は極々普通の、丁寧に編み込んだだけの髪をしていた。

苛立ちで爪を噛む癖は昔からであったが、最近は特に酷くなっていた。

短くなりすぎた爪を手入れしなければならない侍女は大変である。

アップにされた髪もとても丁寧に仕上げられており、これだけ出来ればどの貴族の屋敷であっても合格点がもらえるはずの腕前ではある。

だがクラウディアにとって、そんなことは関係ないのだ。

自分が誰かに負けることなど許せない。ただそれだけなのだから。

鏡の中に恐ろしさに震え、俯いて立っている侍女が映る。

癇癪持ちのクラウディアに付けた侍女は、彼女が未亡人としてこの伯爵家に戻ってきた数カ月ですでに四人目である。

現当主である弟からは『これ以上侍女は付けさせない』と言われており、この無様に震える侍女が辞めると言えば、自分で身支度一つ出来ないクラウディアは今までの生活が維持出来なくなってしまう。

心の中で盛大に舌打ちしながら、仕方なく「下がっていいわ」と言えば、腹立たしいことに侍女はホッとしたように部屋を出ていった。

その様子にもまた苛立ちが募り、せっかく侍女が苦労して手入れした爪をまた噛んでしまう。

何もかもがイライラする。

いつまでも己の手を取ろうとしないウィリアムにも、そこにいるのが当然といった顔をしているリリアーナにも、王太子の想い人である自分を差し置いてウィリアムに声を掛ける令嬢達にも。

そして使えない侍女に、あれこれ我慢を強いる弟にも。

なぜこんなにも思い通りにいかないの⁉

『氷の王子様』に戻ってしまったと噂されていたウィリアムであったが、リリアーナのお陰（かげ）で心の傷（トラウマ）を昇華（しょうか）したことにより落ち着きを取り戻し、二人の絆（きずな）はより一層深まり強いものとなった。

心配しつつも見守っていたダニエルはホッと胸を撫（な）で下（お）ろしながら、

「一人で解決しようなんて、俺はそんなに頼（たよ）りにならねえのかよ」

と、少し拗（す）ねたように唇（くちびる）を尖（とが）らせる。

皆（みな）に心配を掛けていた自覚のあるウィリアムは、バツが悪そうに視線をよそへ向けながらも素直（すなお）に謝罪の言葉を口にした。

「何だ、その、悪かったな。リリーにも言われてしまったよ。次からはなるべく相談するようにするつもりだ」

幼（おさな）なじみとして誰よりも近くで見守ってきたダニエルは、ウィリアムの心が守られて嬉（うれ）しい気持ちと、それをしたのが自分ではないことにほんの少しだけ面白（おもしろ）くない気持ちが正直あった。

とはいえ、その相手がウィリアムの溺愛しているリリアーナであることに安堵（あんど）している気持ちも本物なのだ。

なのに目の前のこの男は、そんなダニエルの気持ちなどお構いなしときたものだ。

ダニエルの口角がヒクヒクと動くのも、仕方がないだろう。

「おい、なるべくって何だよ⁉　そこは『必ず相談する』じゃねえのかよ？」

こめかみにピキッと青筋を浮かべるダニエルだったが、当のウィリアムは飄々としている。

「リリーには必ず相談するつもりだぞ？」

何か問題でも？　といった感じである。

「お前なぁ……」

諦めたような、それでいて呆れたような複雑な表情でウィリアムを見た後、ダニエルはハァと小さく息を吐き出すとそれまでの雰囲気をガラッと変えて、至極真面目な顔で話しだした。

「冗談はここまでにして。ウィルが腑抜けている間に、ちょっと厄介なことになっている」

「腑抜けて……まあいい。何があった？」

「ウィルとリリアーナ嬢の不仲説だ」

「は？　何を言っているんだ？」

一気に不機嫌さが増したウィリアムに、何がどうなってそんな噂が広まっているのか、ダニエルは今までの経緯を順番に説明していった。

ウィリアムが一人悩んでいた頃、ダニエルは噂の出所と経緯を調べ始めたこと。

その際、ウィリアムの精神的負担を増やさぬため、彼の耳には入れぬようにしていたこと。

調べた結果、噂の出所はヘイワード伯爵家の三男マイルズという、あまり評判の良くない男だということが分かった。

どうやらマイルズは学園の食堂スタッフから話を聞いたらしいというところまでは掴んでいる。

食堂スタッフも調べたが、兄を亡くし仕事を辞めて田舎に帰ったはずが、実際は兄などおらず田舎に帰ってもいなかった。どこに行ったのか今現在手掛かりはない。

大方、自分のしでかしたことが怖くなって逃げ出したといったところだろう。

もう少し時間を掛ければ見つけることは可能と思われるが、たかが小物にそこまでの時間と労力を割くのは、それこそ無駄というものだ。

「何でも特別室にいたリリアーナ嬢達の話を、扉の外から盗み聞きしていたらしいぞ。それだってあり得ないことだが、その内容を不用意に外で話すとか、一体何を考えているんだか。……まあ、何も考えてないんだろうな。そんなスタッフを雇った学園にも問題はあるから、二度とこういったことが起きないようクレームを入れさせてもらった。早急に対処するとのことだったが……。とはいえ絶対なんてものはないから、ウィルからリリアーナ嬢にも十分気を付けるよう伝えておいてくれ」

「ああ、分かった」

「だがな？　お前の態度が噂を真実だと誤解させてしまったことも事実だ。学園側だけを責めるのは違うぞ」

「ああ、それも分かっている。今回のことで学園側だけを責めるつもりはない。この件に関して、原因を作ったのは私だ。責任は全て私にある」

ウィリアムの言葉にダニエルは深く頷く。

「落ち込んでないで、さっさとウィル達の不仲の噂を払拭しないとな」

事実ではないにしろ、噂がウィリアム達によって良くない状況を作り出しているのは確かなのだ。

ウィリアムに纏わりつく令嬢達やリリアーナへの暴言や嫌がらせ行為は、いつまでも見過ごせるものではない。

「シーズン最後に行われる王宮主催の夜会で、予定通りウィルとリリアーナ嬢の式の日取りが決まった旨の宣言が行われる。その上で誰がどう動くのかが見物だな」

ダニエルがニヤリと悪い笑みを浮かべると、ウィリアムも口の端を上げてニィッと悪い笑みを浮かべた。

「そうだな。私とリリアーナの不仲を期待して娘をあてがおうとしていた者達には、それ相応の報いは受けてもらうとしよう」

「ま、これでリリアーナ嬢への嫌がらせもなくなるだろ」

ダニエルの言葉にウィリアムが固まる。

「さて、スッキリしたところで溜まった仕事を……」

ダニエルは続く言葉を口にすることが出来なかった。

ウィリアムがダニエルの胸倉を掴み、恐ろしい形相で見ていたからだ。

「リリーへの嫌がらせとは、何だ？」

「え？　言ってなかったか？」

ダニエルの背中からは冷たい汗が滝のように流れている。

「えっと、学園でも不仲説が広まっているせいで、リリアーナ嬢が嫌がらせを受けているとクロエ嬢から聞いて……」

慌てて言えば、ウィリアムは『チッ』と舌打ちをし、ダニエルから手を離すとあっという間に部屋を出ていった。

部屋に残されたダニエルは、

「書類、俺にやっとけってことだよな……」

そう呟いて肩を落とすのだった。

「リリー!!」

バターンと勢いよく扉を開けて部屋に入ってきたウィリアムを、驚いたように見つめるリリアーナとモリーとケヴィン。

「えっと、ウィル？　どうされましたの？」

小首を傾げて聞いてくる姿も可愛い……じゃなくて。

ウィリアムは足早にリリアーナの元へ向かいソファーに腰掛けるリリアーナに跪くようにして手を取ると、

「リリー、学園で暴言を受けていると聞いたが、本当か？」

社交の場で完璧な令嬢に擬態したリリアーナは表情を顔に出すことはないが、普段のリリアーナはとても分かりやすい。

今リリアーナが考えているのは、『何で知っているのか？』だろう。

「今しがたダニーに聞いて飛んできた」

ウィリアムの答えに納得したのか小さく頷いている。

「なぜ言ってくれなかったんだ？」

　ウィリアムの拗ねたような言い方に、リリアーナは慌てるように言い訳を始めた。

「なぜと言われましても、あの方達が言われることは本当に大したことがなくて、あまり気にならないレベルでしたので……」

「は？」

「え？」

　リリアーナが全く気にしていなかったということに驚くウィリアムと、何にそんなに驚かれたのかが分からないリリアーナ。

　二人揃って首を傾げる様子を見ていたモリーとケヴィンは顔を見合わせ、互いに小さく溜息をついた。

「殿下は嬢ちゃんが令嬢達の悪口にケロッとしている姿に驚いてるんだよ」

　ケヴィンの説明にリリアーナは合点がいったとばかりに笑みを浮かべ、

「クリス様の元婚約者のクライサ様と比べると、あの方達の悪口など鳥の囀りとそう変わりませんもの」

　そう言ってコロコロと笑う。

「「確かに」」

　ウィリアムとケヴィンの声が重なる。

直接クライサを目にしたことのないモリーは一人小さく「鳥の囀り……」と呟いて、苦笑を浮かべていた。

「とはいえ、全く傷付かなかったわけではないだろう？　リリーはそんな中でも私を励ましてくれていた。だから、今度は私がリリーを守る番だ」

そう言ってリリアーナの手の甲へ口付けた。

恥ずかしそうにもじもじするリリアーナの横に腰掛けると、彼女の頬を優しく撫でながら甘い眼差しを向けて、

「これからはどんな小さなことでもいいから私に相談してほしい。リリーは嬉しいことや楽しいことばかりではなく、辛いことや悲しいことや悔しいこと、そういったものも含めて一緒に感じていきたいと、一緒に背負える存在でありたいと言ってくれただろう？　私もそう思っている。リリーは大丈夫だと言ったが、自分でも気付かぬうちに傷付いている時もあるかもしれない。だから、たくさん話をしよう。リリーが私を救ってくれたように、私もリリーの力になりたいんだ」

そう言ってリリアーナを優しく抱き寄せた。

「予定通り、シーズン最後の夜会で結婚式の告知をする。そこで私達の不仲説とやらの噂を払拭し、今後に憂いを残さないようにするつもりだ。それに……」

「それに、何ですの？」

腕の中のリリアーナがキョトンと見上げてくる。

クッ、可愛すぎだろう⁉

平静を装いつつ、話を進める。

「散々苛立たせてくれたあの勘違い女に、ささやかな仕返しをね」

「ささやかとは、どの程度ですの？　やりすぎは良くありませんわよ？」

心配そうに見上げるリリアーナの頭を撫でながら、簡単に説明をする。

「まぁ、その程度でしたら……」

リリアーナの了承も得た。

「後は私に任せてくれ」

ウィリアムの言葉に安心したようにリリアーナは微笑むが……。

ここまで大人しくされるがままになっていたリリアーナであったが、どうやら空気になっていたモリーとケヴィンの存在に気付いてしまったらしい。

小声で「見られていますから！」と言いつつ、耳まで真っ赤にしてウィリアムの腕から逃げようともがき始める。

ウィリアムは心の中で盛大な舌打ちをしつつ、邪魔だとばかりにケヴィンに視線を向けた。

「はいはい、邪魔者は退散しますよっと」

面倒くさそうにそう言ってケヴィンは部屋の外に出ていく。

ウィリアムが今度はモリーへと視線を向ければ、モリーも空気を読んで仕方ないといった風に、

「お茶の準備をして参ります」

と一礼し、扉を少しだけ開けて出ていった。

ウィリアムはこれで邪魔者はいなくなったとばかりに満面の笑みを浮かべ、すかさずリリアーナをヒョイと持ち上げると、自らの膝の上に乗せてギュッと抱き締めた。

「もう誰も見ていないだろう？」

そう言ってリリアーナの頭にわざとチュッと音を立ててキスをする。

「そんなところに……」

「ん？　他が良かったのか？」

ウィリアムは抱き締めている腕を少し緩めて、今度はこめかみにキスをした。

「んなっ！」

リリアーナは先ほどよりも更に顔を朱く染めて、口をパクパクと開閉するも言葉は出てこない。

「まだ足りなかったか？」

今度は両瞼と鼻に続けてキスすると、羞恥にフルフルと震えて涙目で睨んでくる。

睨まれても全く迫力はないが、上目遣いに涙目のコラボはウィリアムの理性をズキュンと貫いて危険極まりない。

ウィリアムは苦笑しつつ、自らの胸に顔を埋めさせるようにリリアーナを抱き締めた。

扉の外で準備を終えたモリーが困ったように立ち尽くしているが、ウィリアムもリリアーナも当分気付かなそうである。

社交シーズンも終盤へ近付くと、領地を持つ者達は自領へ戻る準備を少しずつ進めていた。

二週間後に行われる王宮主催の夜会で今年の社交シーズンを締めくくり、自領の本邸へと戻る予定なのだ。

何かと慌ただしい時期ではあるが、ここにも慌ただしく準備を行う者達がいた。

「そちらも似合うけれど、先ほどのものも捨てがたいわね」

『う〜ん』と眉間にうっすらと皺を寄せて悩む仕草をするのはウィリアムの母、ソフィア妃殿下である。

眉間に皺を寄せる様子はウィリアムのそれと似ており、やはり親子なのだなという印象を受けるが口に出すことは出来ない。

今見ているのはソフィア用のドレス……ではなくリリアーナ用のドレスだ。

リリアーナはもう何着目になるのか分からなくなるほどのドレスを着用し、ゲッソリしている。

どれでもいいから早く決めてほしいというのが本音ではあるが、そんなことは口が裂けても言えない。

「今季の社交シーズンを締めくくるドレスなのよ？　中途半端なものをリリちゃんに着せるわけにはいかないわ！」

ソフィアは鼻息荒くそう言うと、王都一の人気デザイナーであるアンドリューとああでもない、こうでもないと意見を出し合う。

こうなると話が長くなるため、リリアーナはそっと元のドレスに着替えてテラスの席へと移動した。

「お疲れ様です」

モリーがクスクスと笑いながら、ハーブティーを淹れてくれる。

「もう帰りたいですわ」

「帰るも何も、ここがお嬢様のお部屋ですけどね？」

そう、今日はリリアーナの部屋で衣装の打ち合わせをしていたのだ。

リリアーナの部屋といっても、寝室の隣にリリアーナ専用の応接室があり、そちらの部屋を使用している。

いくら疲れたからといって、ソフィア妃殿下を放って寝室に入りベッドにダイブするわけにはいかず、大きく息を一つ吐いてからハーブティーに口を付けた。

「はぁ、落ち着きますわね……」

フゥとひと息つくと、何となく庭へと視線を移す。

リリアーナとて美しいドレスを見れば普通に『綺麗』だと思うし、好みの宝石を見れば『素敵』だと思う。

とはいえドレスは必要な枚数だけあればいいし、宝飾品も必要数あればいいくらいにしか思わない。

だが、あんな嬉しそうにリリアーナのドレスを選ぶソフィアの顔を見ると、そんなことはとてもではないが口に出せない。

これも姑孝行と言えるのだろうか？　……まだ結婚してはいないけれど。

「モリー、甘いものが欲しいのだけれど」

いつもであればテーブルの上にはお茶請け用のお菓子が用意されているのだが、今はティーカップとソーサーのみ置かれた状況である。

「お嬢様は最近また少しばかり増量されているようなので、甘いものは控えさせて頂きました」

「増量って……。モリー、言い方が酷いですわ！」

「そうですか？　これでも控えめにお伝えしたつもりでしたが、では改めて。お太りになられたようなので、甘いものは控えさせて頂きました」

「二度も言わなくていいですわ！」

「それは失礼致しました」

シレッと言葉だけの謝罪をするモリーに溜息しか出てこない。

「……お菓子はもういいですわ。ハーブティーのおかわりをお願い」

「かしこまりました」

リリアーナはもう一度、庭へと視線を向ける。

半月後に行われる、社交シーズン最後の王宮主催の夜会。

そこでウィリアムとリリアーナの結婚式の日取りが、国王陛下より発表されるのだ。

いかにリリアーナとて緊張しないはずがない。

あの噂に踊らされている者もそれなりにいる中での発表である。

表立って反対する者はいないだろうが、きっと納得出来ない、したくない者もいるだろう。

だが、リリアーナにはここで怖気づいて逃げ出すなどという考えは微塵もない。

そういった者達も含めて納得させなければならないのだ。

そのために気合を入れる、とっておきの戦闘服をソフィアが選んでくれているのだから、ありがたいと思ってもう少しだけ頑張ろうと己を鼓舞する。

庭からソフィア達へと視線を向ければ、数あるドレスの中からどうやら三着まで絞れたらしい。

振り向いたアンドリューとバッチリ目が合ってしまい、彼女は女性でもウットリするほどの笑みを浮かべると、リリアーナに『おいでおいで』と手招きした。

カップをソーサーに戻し、リリアーナはふぅと小さく息を吐いて立ち上がると、アンドリュー達の元へ向かった。

「リリちゃん、一応この三着に絞ったのだけど、リリちゃんはどのドレスがいいかしら？」

ソフィアに訊ねられ、改めてじっくりとドレスを見る。

向かって左側のドレスは全体的にビジューをあしらった上品なAラインドレスで、胸元から裾に向かって青系統のグラデーションが美しい。

重ねられた繊細なレースが柔らかい印象を作り上げている。

裾の一番濃い青を使ったウエストのリボンが背の低……小柄なリリアーナをカバーしてくれるだろう。

中央のドレスはまろやかな光沢のある生地を生かしたゴールドのマーメイドラインで、色味が派手な分フロントはシンプルに、バックはフリルリボンでメリハリのあるシルエットを作り上げている。

あえて単一素材だけを使用した、キュートな中にも大人な雰囲気を醸し出すドレスである。

向かって右側のドレスは淡い青紫色の、背中が大きく開いているのが特徴のAラインドレス。

上半身には繊細なレースに大粒のラインストーンがあしらわれており、立体感のあるフリルのスカートはまるでバラの花のように美しい。美しさと可憐さの両方を併せ持つドレスと言えよう。

ソフィアとアンドリューが厳選しただけあって、どのドレスも文句なしに素晴らしい。

(……この中から一着を選ぶのって、とっても難しいのですけど！)

正直言って、どれでもいい。

どれも素敵なのだから文句は言わない。

だから、どうせならば最後の一着まで絞ってほしい！

……そうは思っても、ソフィアとアンドリューが期待の眼差しをこちらに向けているのだ。

これはもう逃げられないだろう。

どれか一着を選ぶまで、ベッドにダイブすることが出来ないのだ。

リリアーナはもう一度ドレスを順に見ていく。

「どれも素敵すぎて選ぶのがとても大変ですが、あえてどれか一着というのであれば、一番印象に残ったこのドレスがいいですわ」

そう言ってリリアーナは向かって左側のドレスに触れた。

どうやらリリアーナが選んだドレスはソフィアとアンドリューの両名が推していたもので、残りの二着はソフィアとアンドリューがそれぞれに推していたものだったらしい。

正解のドレスを選べたことに、リリアーナは二人に分からないようにそっと胸を撫で下ろす。

とりあえずドレスは決まったのだ。

残りの半月で磨きをかけて、夜会という名の戦場へ乗り込むべく気合を入れ……るのはまだ早いので、今日はゆっくり休むことにしようとリリアーナは思った。


夜会当日。

王族入場のファンファーレが鳴り響いた後、大広間の重厚な扉が開かれると国王陛下とソフィア妃殿下に続き、王太子であるウィリアム、オースティンと婚約者、ホセの順に入場する。

高い天井から吊り下げられたキラキラと光を放つシャンデリアの下、華々しく着飾った貴族達が深々と頭を下げ、国王陛下からの言葉を待っていた。

「面を上げよ」

広いホールに国王陛下の声が響き渡る。

貴族達は一斉に壇上にいる国王陛下と王族へ目を向け、そしてその場にウィリアムの婚約者であるリリアーナがいないことに戸惑う。

イアンとアマーリエも動揺している。

その中でクラウディアは、『ついに勝った！』とはやる気持ちを、一生懸命に抑え込んでいた。

「皆の者、よくぞ集まってくれた」

国王陛下の話に耳を傾けながらも、皆の関心はウィリアムとリリアーナの婚約が解消されるのかどうかといったことに向いていた。

「ウィリアムから重大発表がある」

国王陛下がそう言ってウィリアムへ視線を向けると、ウィリアムは小さく頷いて一歩前に出る。

予想通りというか、何というか。

リリアーナとの婚約を破棄し、自らを新たな婚約者として発表するのだと思い込んでいるクラウディアが、いそいそと先頭に出てきて今か今かと待っているのだ。

あまりにも予想通りすぎて、ウィリアムは乾いた笑いが出そうになるのを必死に耐える。

ここでウィリアムはゆっくりと檀上を降りるとクラウディアの前へ進む。が、そのままスッと素通りした。

呆気に取られているクラウディアを置いて、自らが入場してきた扉の前に立つ。

ゆっくりと開けられた扉の先には、美しく着飾ったリリアーナが立っていた。

参加者達の半数ほどは一気にざわめきだす。

それを視線で制すウィリアムにエスコートされ、リリアーナは壇上へと向かった。

何が起こっているのか分からないクラウディアと貴族達。

きっと内心では『二人は不仲のはずでは』という疑問が浮かんでいることだろう。

そしていそいそと先頭に出てきたものの、ウィリアムに素通りされたクラウディアへちらちらと視線を送っている。

自ら大恥をかきに来てくれた彼女を前に、ウィリアムは声高々に宣言した。

「私、ウィリアム・ザヴァンニと婚約者であるヴィリアーズ伯爵家長女リリアーナは来年、彼女の学園卒業の十日後に結婚式を行うことを、ここに正式に発表する」

その内容に半数は当然といったように笑顔で拍手し、噂を信じていた者達はとってつけたような笑みを浮かべながら、慌てて拍手する。

そして最前列で呆然と佇むクラウディア。

檀上からは面白いように、そんなクラウディアや動揺する貴族達の様子が見えた。

リリアーナとの婚約を解消するなど、あり得ないというのに。

本当に何ともくだらない噂を流してくれたものだ。

呆れて小さく溜息をついていれば、国王陛下が慈愛に満ちた笑みを浮かべながらウィリアムとリリアーナに言葉を掛けた。

「二人で支え合いながら切磋琢磨し、いずれ即位した後、良き国へと導いてくれることを願っている」

「ありがとうございます。リリアーナと支え合いながら、ザヴァンニ王国に暮らす全ての者が、より良い生活を送れるよう尽くすと誓います。そしてここにいる皆もどうか、私を信じてついてきてほしい」

ウィリアムが凛とした佇まいでそう答えると、再度ホールには拍手の音が響く。

「そうそう、何やら根も葉もない噂に踊らされ、我が婚約者へ嫌がらせをしていた者達がいたらしいと耳にしたのだが……。まさか、未来の王妃に卑劣な言葉を浴びせるようなバカな真似をする者が本当にいるとは思えないが、どうなのかな？」

ウィリアムは檀上から貴族一人一人の顔を見ながら牽制していく。

ある者は慌てて視線を逸らし、またある者は震え上がる。

今回のことで静観していた者達は『信頼出来る者リスト』または『状況によっては信頼出来る者リスト』へ、くだらない噂に惑わされ動いた者達は、『信頼出来ない者リスト』へと振り分けられていく。

微妙な雰囲気に包まれたホールの空気を変えたのは国王陛下の言葉だった。

「まあ落ち着きなさい。そういったことはまた後日でいいだろう？　せっかくのめでたい発表の場だ。皆も今宵は楽しんでいってくれ」

その言葉によって無意識に安堵の息を漏らした者も多かったが、国王陛下の言葉を正しく理解した者は顔色を更に青くさせた。

なぜなら陛下は『そういったことはまた後日』と言ったのだ。

めでたい発表の場であるから、それまでのことを帳消しになどとは言っていない。

ただ先送りされただけなのだから。

「そうですね。せっかくですから今はリリアーナとのダンスを楽しみたいと思います」

ウィリアムは渋々この場での制裁を諦め、リリアーナに優しい笑みを向けながら手を差し出す。

リリアーナは曇りない笑みを浮かべ、小さな手をそれに重ねた。

本日の主役であるウィリアムとリリアーナが踊らなければ、他の者達はホールで踊ることが出来ない。

二人がゆっくりとダンスフロアに向かって歩を進めれば、皆が自然と左右に避けていくためにフロア中央までの道が出来上がる。

途中こちらを睨むようにして見ているクラウディアが目に入ったが、今はもう何も感じなくなっていた。

リリアーナによって完全にトラウマを克服出来たということなのだろう。

ウィリアムがリリアーナへ視線を向ければ、可愛らしいつむじが目に入る。

リリアーナが今日のために選んだドレスは全体的にビジューをあしらった青系統のグラデーションが美しいAラインのドレスだった。

彼女曰く、ドレスは他の令嬢に舐められないための戦闘服なのだとか。

戦闘服とは些か物騒な言い回しではあるが、リリアーナが言うと何だか可愛らしいもののように聞こえるのだから不思議だ。

会場中の者達からの視線を感じながらお辞儀をする。

軽やかな曲調のワルツが流れ始めると、それに合わせるように二人は踊りだした。

右に左にステップを踏む度に、リリアーナが『戦闘服』と称したドレスはふわりと揺れ

て、まるでその美しさを周囲に見せつけているようだ。

戦闘服というのも、あながち外れていないのかもしれない。

「リリー、その戦闘服、とても似合っている」

「ありがとうございます。ウィルもとても素敵ですわ」

仲良く心から楽しげに踊る二人の姿は、あの噂は全くのデタラメだったのだと、見る者達を納得させた。

そしていまだリリアーナに鋭い視線を向けているクラウディアに対して、周囲の目は厳しかった。

「まあ、王太子妃になられる方に対して睨み付けるなど、一体何を考えてらっしゃるのかしら」

「あの方はご自分が王太子妃になれると勘違いなさっていたようですもの。数々の夜会で横に婚約者様がいらっしゃるのに、王太子殿下になれなれしく声を掛けている姿を何度もお見掛けしましたわ」

リリアーナに対して嫌がらせを繰り返していた者達は、ここぞとばかりにクラウディアを攻撃し始めた。

クラウディアを犠牲にして自分が助かろうという魂胆が透けて見える。

それはどんどんエスカレートしていき、会場内のあちこちでコソコソと悪意のある噂が飛び交い始めていた。

「初めからおかしいと思っておりましたのよ。殿下よりも年上の未亡人が、王太子妃になれるはずなどありませんもの」

「亡くなった夫に二人も隠し子がいたらしいですわよ？　義母がその子どもを引き取って跡を継がせるからと、家を追い出されたのですって」

「まあ、あちらのお家にとっては跡継ぎの子どもがいて良かったのでしょうけれど。愛人がいたことには気付いておられませんでしたの？」

「ずっとご自分のことだけ愛されていると思っておられたそうですわよ？　惨めですわね」

周囲の冷たい視線にようやく気付いたクラウディアは、焦るように自分の味方を探して視線をあちらこちらへと向けるが、皆彼女からスイッと視線を逸らす。

今、クラウディアに味方してくれる者は誰一人としていなかった。

元々性格がいいとはいえないクラウディアには、本当の友人というものがいなかった。

取り巻き的な令嬢達はいたが、そういった者達はさぁっと波が引くように彼女から離れていったのだ。

孤立無援となったクラウディアは顔を歪めると、逃げるように夜会の会場を後にした。

今後、王太子殿下の不興を買ったクラウディアと親しくしようとする者はいないだろう。

来シーズンの社交界にも、彼女の居場所はないはずだ。

その後の彼女がどうなったのかは分からない。

リリアーナとウィリアムの仲睦まじい様子を見て、イアンとアマーリエはホッと安堵の息を吐く。

最初はウィリアムが一人で入場してきたので動揺したが、その後しっかり結婚の予定について宣誓してくれたので安心した。

イアンは自分がリリアーナを守らなければと思っていたが、ウィリアムが噂を払拭し、リリアーナに取って代わろうなどと思い上がったクラウディアを撃退した。

ウィリアムはリリアーナをきっちり守り通したのだ。

最初はリリアーナを『コレでいい』などと適当に婚約者に選んだということで、ウィリアムの好感度はマイナスに振り切っていた。

その後も何とも情けない姿を目にし、コイツはリリアーナを幸せに出来るのか？　といった疑問が沸々と湧き上がり。

『コイツは私からリリアーナを奪う敵だ』などと思い、なかなか素直に祝福の言葉を述べることが出来なかったのだ。

だが今日の二人を見ていて、イアンは思った。

もうウィリアムに大切な妹を託してもいいのではないか、と。

ウィリアムがリリアーナを大切に想っているのは分かっている。

そして彼にリリアーナを守るだけの力があることも、守るためにその力を揮えることも。

こうして考えると、もう意地を張って認めないなどというのは、リリアーナの足を引っ張るだけの行為ではないか。

どのみちイアンが反対したところで、リリアーナが嫁いでいくのは変わらないのだ。

ならば気持ち良く送り出してやらなければ、とは思いつつ。

――やはり面白くはない。

可愛い可愛いリリアーナが離れていってしまうのは、寂しいのだ。

そう、今のイアンの胸中を語るならば、ポッカリと穴が開いた状態と言えるだろう。

「イアン様？　大丈夫ですか？」

心配そうな顔のアマーリエを見てハッとする。

「ああ、大丈夫だ。ありがとう」

リリアーナを助けるためにと、一緒に参加してくれたアマーリエ。

結局リリアーナを助けたのはウィリアムで、イアン達は見ているだけで何も出来なかったわけだが、彼女には感謝している。

いつもは夜会に出る度に肉食系の令嬢達の相手をせねばならず、辟易していたのだが、今日の夜会はどうだ？

香水の臭いをプンプンさせたり、わざと体を密着させようとしたりしないアマーリエの隣は、とても居心地が良かった。

何と言ったらいいか……。そう、呼吸がしやすいのだ。

リリアーナの話も嫌がることなく楽しんで聞いてくれるので嬉しい。

今まで一緒にいて負担がないだけでなく、会話が楽しいと思った令嬢などいただろうか？

そう考えてすぐに、自分の脳は『いなかった』という答えを導き出した。

リリアーナ以外で可愛らしいなどと思ったのも、心配されて面倒に思わなかったのも、アマーリエが初めてだ。

特別美人というわけではないが、素朴な可愛らしさが彼女の魅力であり、アマーリエの纏う空気はとても柔らかく癒される。

大丈夫だと言いながらも考え込んでいるイアンを心配しながら、チラチラ様子を窺うアマーリエがとても可愛いと思った。

——ああ、そうか。私は自分が思っている以上に、アマーリエのことを憎からず思っているようだ。

では、彼女の方はどうだろうか？　……少なくとも嫌われてはいないはずだ。

思わずジッとアマーリエを凝視する。

キョトンと小首を傾げた後、視線を外さないイアンに恥ずかしくなったのか、徐々に顔が朱くなっていく。

それでもまだ視線を外さないイアンに、どうしていいか分からなくなったアマーリエは視線を泳がせた。

その様子があまりにも可愛くて、つい「プッ」と噴き出して笑ってしまった。

恥ずかしそうに俯くアマーリエに「ごめんごめん」と言いつつ頭を撫でる。

イアンが妹を溺愛していることは、社交界では広く知られている。

だが他の女性に対しては、優しくはあるが節度ある態度を崩したことはなかった。

それは肉食獣並みの令嬢達から身を守るためのものであったのだが、イアンのアマーリエに対する態度はリリアーナのそれに近いものがあった。

それ故に周囲の者達は驚きの眼差しを二人に向けているのだが、アマーリエはそれに気付く様子がない。

今まではアマーリエに興味を持つ者はいなかったが、イアンがエスコートした令嬢と知れば、今後は違ってくるだろう。

それはそれで面白くない。アマーリエの良さを知っているのは自分だけでいい。

他の者になど取られてたまるか！

——よし、捕獲しよう。

そこからイアンの行動は早かった。

「アマーリエ嬢、少し外の風に当たらないか？」

そう言ったイアンの声が何だか少し緊張しているように聞こえたのは、きっと気のせいだろうと思う。

アマーリエは「はい」と返事をして、差し出された手に己の手を重ねた。

ふわりと裾が揺れる淡いグリーンのドレスは、先日イアンに買ってもらったドレスである。

こんなちゃんとしたドレスに袖を通したのは初めてのことだ。

アマーリエが着用する普段使いのドレスからパーティー用のドレスに至るまで、全て母や姉のお下がりをリフォームしたものである。

新品のドレスに身を包んだことなど、物心がつく頃の記憶にまで遡ってもないことだった。

生まれて初めて着用する新しいドレスはオートクチュールではない既製品だが、アマーリエにとっては汚したり皺になったりしては大変と、要らぬ気を使いすぎて何だか落ち着かない。

　そして身につけているイヤリングとネックレスも新たに買って頂いたものであるが、これがまたひと悶着あったのだ。

　家にある、売っても大した金額にならないだろう宝石の中から、ドレスに合いそうなものをつければいいだろうと思っていたアマーリエ。

　ところがイアンはドレスに合わせた宝石まで見せてほしいと店主に言ったのだ。

　ドレスだけでも目玉が飛び出るかと思うような金額（ベルマン子爵家基準）であるのに、宝石まで買って頂くなんてと、丁重にお断りさせて……もらえなかった。

「では、あの、レンタルは……」

　と提案したところでものすごい目で睨まれ、渋々受け入れたアマーリエは一番安いものでと言ったのだが、イアンはそれを無視して見るからに高そうなものをドレスに合わせてどれにしようか迷っている。

　何だか楽しそうに見えるのは、気のせいだろうか？

　それを一歩後ろで小さくなって見ているアマーリエに、見かねた店主がそっと耳打ちした。

「あまり安いものですと、それを贈ったイアン様が恥をかくことになりますから。ここはイアン様にお任せするのが一番かと」

イアンの恥になると言われては黙って見ているしかない。

そんなこんなで、イアンの顔に満足げな笑みが浮かぶまで落ち着かない時間を過ごしたアマーリエだったが、考えるのも恐ろしい金額のドレスと宝石を身につけている今、少しでも粗相をしたらショック死しそうなほどに緊張しているのだ。

『お姫様みたい』などと浮かれる年齢はとうに過ぎてしまったのだから、仕方がないだろう。


リリアーナの助けになるべくイアンのパートナーとして夜会に参加することになったが、結局は何も出来ないうちに、彼女の婚約者であるウィリアム殿下が全て解決してしまった。

リリアーナが傷付かずに済んだのは良かったのだが、何も出来なかったのにドレスと宝石を頂いたことが申し訳なくて、何だか落ち着かない。

かと言ってこれだけガッツリ着てしまっては返品するわけにもいかないし、それにもしそんなことをしてはイアンが恥をかくことになってしまう。

アマーリエはフゥと小さく息を吐いた。

今のところ、イアンのエスコートによる令嬢達の妬みや僻みによる陰口や嫌がらせは全くない。

というよりも、王太子殿下の逆鱗にいかに触れないようにすべきかと皆そちらの方に忙しく、アマーリエなど気にしている場合ではなかったのだろう。

イアンのエスコートで真っ赤な絨毯の敷かれた廊下を進んでいくと、広い庭園らしき場所に着いた。

先ほどまでのピリピリとした会場内とは打って変わり、外へ出ると穏やかな風が時折吹いて気持ちがいい。

下弦の月が王宮の美しい庭園を優しく照らし、ほんのりと花の甘い香りが漂ってくる。

「素晴らしい庭園ですね。月明かりでこれほど美しいのですから、太陽の下で見る庭園はもっと美しいのでしょうね」

下位貴族であるアマーリエは、国王陛下生誕祭のパーティーの時くらいしか王宮に来る機会がない。

パーティーは日が落ちてから始まるため、アマーリエは明るい時間帯に庭園を目にしたことがないのだ。

「そうだね。昼間の庭園もとても美しいと思うが、私は人の手によって作られた計算された美しさよりも、自然の美しさが好きでね。実はヴィリアーズ領と王都の間に言葉に表せないほどに美しい湖があるんだが、アマーリエ嬢にもあの景色を見てもらいたいな」

……なぜかイアンの声がとても甘さを含んだもののように聞こえ、背中がムズムズしてくるが、気のせいだろう。

ヴィリアーズ領と王都の間であれば、ちょっと行ってすぐ帰ってくるなんてことは出来ない距離だ。

そんな場所まで婚約者でもない未婚の二人が一緒に出掛けるなど、現実的ではない。

社交辞令としての言葉だろうと、アマーリエは無難に返事をすることにした。

「そんなに美しいのですか？　いつか見てみたいですわね」

そのいつかは永遠に来ないと思うけれど。

そんな風に諦めていたアマーリエであったが、イアンによっていまだ重ねられていた手を持ち上げられ、手の甲にキスをされたことで脳内がフリーズした。

「私はいつかではなくて、今すぐにでも見せてあげたいと本気で思っているよ？」

そう言って、イアンはアマーリエの前で跪いた。

「アマーリエ嬢、どうか私の婚約者になって頂けませんか？」

真剣な顔でアマーリエを見つめるイアンだったが、アマーリエの脳内はパニックを起こしていた。

これは夢？　私は夢を見ているのよね？　きっとそうに違いないわ。イアン様ほどの方が私を婚約者に選ぶだなんてこと、天地がひっくり返ってもあるはずがないわ！

どう考えてみても、彼が何の旨味もない自分との婚姻を望むなど、あるはずがない。

そんな考えがいつの間に口に出ていたのか、イアンはゆっくりと立ち上がると頷きなががら淡々と言った。

「確かに条件だけで見れば、アマーリエ嬢よりも条件の良い令嬢はたくさんいるだろうね」

その言葉に胸の奥がツキンと痛んだ気がして、なぜか分からないのに泣きたい気持ちになる。

アマーリエは下唇をキュッと噛んでそんな気持ちを抑え込もうとしたが、どうしてかイアンはいきなり彼の両親の話を始めた。

「うちの両親はね、とても仲が良いんだ。子どもの私達が呆れるくらいにね。……以前リリが両親にお揃いのグリーンのグラスをプレゼントしたことがあって。母は父の瞳の色と一緒だととても喜んでいた。私もリリもエイデンも、皆父と同じグリーンの瞳なんだけどね。本当、参るよなぁ」

『参るよなぁ』と言いながらも、イアンの表情はとても柔らかい。

「……とても、素敵なご両親ですね」

なぜご両親の話を聞かされているのか意味が分からないが、政略結婚が当たり前とされる貴族の中にあって、愛し合われているだろうご両親の話を素直に羨ましいと思った。

貧乏子爵家三女のアマーリエには結婚するメリットが全くないため、今のところ結婚の申し込みは一件もきていない。

たとえきたとしても、貧乏子爵家の現状では持参金を準備するのは難しい。

このままだと、親子ほどに年の離れた貴族の後妻や愛人コースまっしぐらである。

修道院に入るという手もあるが、戒律の厳しいところが多く、自由はない。

寄付金を積めば多少の融通は利くのだろうが、そんなお金は貧乏子爵家にあるはずもなく。

それならば、アマーリエは平民として自由に生きたいと思う。

幸いにもというか、アマーリエは子爵令嬢ではあるが貧乏故に使用人がほとんどおらず、身の回りのことは一通り自分で出来るので、平民になっても働きながら何とか生活していけるだろう。

もしかしたらそこでいい出会いがあって、結婚だって出来るかもしれない。

……出来るかしら?

先ほどからツキンと痛む胸を押さえながらぼんやりとそんな風に考えていると、イアンが静かに話を続ける。

「そんな両親だから、子どもに政略とかそういったものは求めていないんだ。まあ、跡継ぎは必要だから、結婚は必須とは言われているけどね。だから……」

イアンはそこで一旦言葉を切り、アマーリエの瞳を真っすぐに見つめる。

「私はアマーリエ嬢をとても好ましいと思っている。五年後、十年後、二十年後になっても隣にいてほしいと思ったのは、アマーリエ嬢だけだ。うちの両親のように、子どもに呆れられるほどに仲の良い夫婦になりたいんだ。持参金の心配などしなくていい。身一つで嫁いできてくれたらいいから、お願いだから『はい』と言ってくれないか？」

まさかそんな話の流れになるとは思っていなかったので、驚きに目を見開く。

『好き』ではなく『好ましい』と言ったイアンは、ある意味とても正直で慎重な方なのだとアマーリエは思ったのと同時に、少しだけホッとした。

彼と出会って三カ月余り、会った回数は数える程度。

それで好きだと言われても、信じられる気がしない。

そんな短時間で、これだけの高スペックな男性に好かれる要素が自分にあるとはどうしても思えなかった。

『好ましい』という言葉だから、素直に受け止めることが出来たのだ。

とはいえ、あまりにも好条件すぎて何か裏があるのではないかと返事に戸惑う。

なかなか返事が出来ないアマーリエに、イアンが困ったように眉をハの字にして聞いてくる。

「アマーリエ嬢は、私のことは嫌いかい？」

思わず首を横に振っていた。

「嫌いでは、ないです」

「でも、好きではない？」

寂しそうな表情に見えるのは私の願望からなのか、それともただの錯覚なのか……。

好きか嫌いかで問われたら、確実に好きではある。

だが、恋愛としての『好き』か友情や憧れとしての『好き』かと問われれば、正直迷ってしまう。

「じゃあ、好きか嫌いかで問われたら？」

「……好き、です」

別に告白しているわけではないのだけれど、本人を前にして好きという言葉を口にする
のは何だか恥ずかしくて、つい俯いてしまう。

「え？」

頑張って言ったのに、聞き返されてしまった。

「好きです！」

聞き取れなかったらしいイアンのためにもう一度言葉にすれば視界が真っ暗になり、次
にふわりと優しい香りに包まれ、アマーリエは自分がイアンに抱き締められているのだと
気付いた。

「ありがとう」の声が聞こえ、もぞもぞと動きながらイアンの顔をチラリと見上げると、
満面の笑みを浮かべてアマーリエを見ていた。

ありがとうの意味が分からず「あの……」と声を掛ければ、

「いやぁ、アマーリエ嬢が婚約を了承してくれて嬉しいよ。おまけに愛の告白も聞けたし、ね？」

途端にイアンの笑みが、いたずらっ子のような笑いに変わる。

「なっ！　あ、あれは……」

あれは好きか嫌いかで言ったら好きという意味の好きであって、決して愛の告白などではなかったのに！

クックッと喉を鳴らして笑うイアンにこれがこの人の素なのかと、アマーリエは諦めに似た気持ちになり嘆息した。

だが、そんな素の彼のことも嫌いじゃない自分がいる。

まあ、アマーリエ的にはこれ以上ないほどの良縁なのだから、

「これは、喜んでいいのよね？」

思わず小さく呟いた。

それをしっかりと耳にしていたイアンは、

「むしろ喜んでもらえないと、私が悲しくなるな」

と楽しそうに笑っている。

「言っていることとあなたの表情は真逆ですけど？」

ジト目でツッコミを入れるアマーリエに、イアンはスウッと真面目な表情に戻すと、

「後悔はさせない。約束する」

そう言って額に口付けた。

「ひゃうっ⁉」

あまりの恥ずかしさに声を上げれば、イアンは声を立てて笑った。

「そんなに喜んで頂けて何よりだ」

「な、違……」

喜んでいたわけではないと言いたかったのだが、動揺して言葉がうまく出てこない。

「ん？　違うところにしてほしかったのかい？」

何とも楽しそうなイアンの様子に、アマーリエはわざと言っているのだと気付いた。

「違うと分かっていてそんなこと言うなんて、イアン様は意地が悪いですわ！」

「いや、私の婚約者殿の反応が可愛くてつい、ね？」

本当に素の彼はいい性格をしていると思う。

「つい、じゃありませんわよ、もう」

ムッと膨れるアマーリエだったが、耳元で囁くように「ねえ、マーリと呼んでも？」と言われ、本日何度目かの怪しい悲鳴を上げた。

「ひゃい！」

「フフ、真っ赤になって。可愛いね、マーリ。私のことはイアンと呼んでほしい」

今のは了承の言葉ではなかったのだが、別に何と呼ばれても気にはしないので訂正しないでおこう。可愛いという言葉はスルーの方向で！

だが今までも『イアン様』と呼んでいたはずで、今更それをお願いされるのも何なのだろうと脳内で首を傾げつつ、呼んでみる。

「イアン様？」

「違う、イアンだ。様はいらない」

「ええ？　そ、それは、追々……？」

いきなり呼び捨てなど、出来るはずがない。

「ダメだよ？　マーリはイアンと呼んではくれないのかい？」

甘く蕩けるように囁くイアンに、アマーリエは最早タジタジである。

イアンの腕の中で挙動不審のアマーリエのこめかみに柔らかい何かが触れた気がした。

「え？」

恐る恐る視線を少し上に向ければ、ニコニコと楽しそうなイアンと目が合う。

「呼んでくれるまで、あちこちに口付けるからね？」

「ええ!?」

先ほどの柔らかいものは、イアンの唇だったらしい。

慌てるアマーリエだったが、今度は反対側のこめかみに口付けられる。

「ほら、早く言わないと、次はどこに口付けるか分からないよ?」

イアンはアマーリエの腰に手を回したまま、もう片方の手をアマーリエの唇へと近付け、親指をそっと這わす。

その煽情的な仕草に背筋がザワリとして、必死に彼の名前を口にした。

「……イ、アン」

下弦の月にうっすらと雲がかかる。

どんどん甘々な空気を量産していく二人を、月さえも見ていられなくなった……のかもしれない。

第8章　幸福の連鎖

王宮の庭園は優秀な庭師の手によって常に完璧な姿で訪れる者達の目を楽しませてくれている。

長期休暇も残すところあと十日となり、リリアーナは美しく彩られたこの庭園で、これから行われるお茶会の最終チェックをしているところだ。

お茶会とはいっても今回はプライベートなもので、参加者はリリアーナとエリザベスとクロエ。

そしてウィリアムとダニエルとケヴィンの計六名。

ウィリアムのトラウマと二人の不仲説などで心配を掛けてしまった皆に、謝罪とお礼を兼ねたプチお茶会……というのは建前で。

いくらトラウマを昇華したとはいえ、いきなり女性と交流を持つというのも難しいだろうと、まずはリリアーナの友人であるエリザベスとクロエに協力してもらい、ウィリアムを誘ったのだ。

ダニエルやケヴィンもいるので、会話に困ることはないだろう。

ちなみにリリアーナとしてはモリーにも同席してもらいたかったのだが、「皆様と同席など、とてもではないですが落ち着いてお茶など飲めません！　給仕側として参加させて頂きます！」

と言い切られてしまい、仕方なくそれに同意したのだった。

使用人に案内されてエリザベスとクロエがやって来た。

「本日はお招きありがとうございます」

王宮の庭園であり今は使用人の目もあるので、エリザベスも伯爵家の令嬢として恥ずかしくないよう、淑女の皮をこれでもかと着込んでいる状態である。

素の状態を知っているリリアーナとクロエからすれば、違和感しかないのだけれど。

エリザベスに続いてクロエも挨拶を述べると、リリアーナは笑顔で「ようこそお越しくださいました」と席を勧めた。

エリザベス達は使用人の引いた椅子に「ありがとう」とお礼を言ってから着席すると、使用人は一礼して話し声が聞こえないくらいの位置まで下がっていった。

「いやもう、王宮っていつ来ても緊張するんだけど」

エリザベスは着込んでいた淑女の皮をあっという間に脱ぎ捨てる。

「やはりそちらの方がエリーらしくていいですわね」

「そう言ってもらえると、私自身を認められたみたいで嬉しいわ」

「あら、初めからエリー自身を認めておりますわよ？　ねえ、クー？」

「ええ、エリー様はそちらの方が生き生きされていていいですわ」

リリアーナとクロエがクスクスと笑っていると、モリーが紅茶の用意を終えてカートを押しながらこちらへ向かってくるのが見えた。

「ウィルたちはもう少し掛かりそうですから、先に楽しみながら待ちましょうか」

真っ白なテーブルクロスが掛けられたテーブルの上には、甘いものから甘さ控えめなものまで、たくさんのお菓子が並べられている。

本日のお茶会には男性陣も参加するので、お菓子だけでなく紅茶にも気を使って、スッキリした味わいのものをチョイスしてもらった。

「そういえばリリのお兄さん、婚約したんだって？」

「あら、お耳が早いですわね。お相手はベルマン子爵家のアマーリエ様ですの。お付き合いを始めてから日も浅いですから、しばらくは恋人期間を楽しみたいとか言っておりましたわ」

それまで大人しく聞いていたクロエも瞳をキラキラさせて、興味津々といった様子で聞いてくる。

「どこでお知り合いになりましたの？　夜会で出会われたのでしたら、もっと早く噂になっているはずですし……」

「『子ども達の家』ですわ」

リリアーナの答えにクロエとエリザベスはキョトンとしている。

どうも意外だったらしい。

「それってあの、貧しい子ども達に読み書き・計算を教えている教室のこと？」

「ええ。マーリ様は定期的に子ども達に手作りのお菓子を差し入れてくださっていて、兄様もヴィリアーズ領に移住する予定の子ども達に会いに行っておりましたから……」

「いつからお付き合いが始まりましたの？」

珍しくクロエが食い気味に話してくる。

「詳しいことは私も分かりませんが、二人が初めて出会った場には私もおりましたの。マーリ様が作られたクッキーはとても美味しかったですわ」

頂いたクッキーの味を思い出していれば、エリザベスとクロエの目が『そこじゃない』と物語っており、気を取り直して話を続けた。

「コホン。『子ども達の家』を出てから、イアン兄様達と市場に遊びに行くことになって。それでマーリ様も一緒に行きましょうとお誘いして出掛けたのはいいのですが、思った以上に市場は混雑しておりましたから、皆で手を繋ぎましょうと提案致しましたの」

「「は？」」

エリザベスとクロエがポカンと口を開けている。

エリザベスは割とこういう顔をすることがあるが、クロエは珍しい。

リリアーナは特に気にすることなく、

「私はエイデンと手を繋ぎましたから、マーリ様はイアン兄様と手を繋ぐことになりましたの。しばらく市場を楽しんでおりましたら、前を歩いていたはずのイアン兄様達の姿が見えなくなってしまって。結局はそのまま二手に分かれて楽しみましたわ」

話し終えたとばかりに満足げに頷き、紅茶を頂く。

「え？　あの、リリ？　イアン様達二人の様子はどうだったの？」

「途中ではぐれてしまいましたから、分かりませんわ。出口で合流して、そのまま解散致しましたが……お二人とも、どうされましたの？」

「一番大事なところなのに……」

一番聞きたかったところが聞けず、ガックリ項垂れる二人。

そこへウィリアムがダニエルとケヴィンを連れてやって来た。

「待たせてすまないな」

「いえ、先に楽しんでおりましたのでお気になさらず」

ニッコリ笑顔のリリアーナだったが、エリザベスとクロエはいまだショックが抜けきっておらず、そんな様子にウィリアム達は首を傾げた。

　ウィリアムの席はあえてエリザベスとリリアーナの間にし、エリザベスの反対隣にクロエ、ダニエル、ケヴィンの順で腰掛けてもらう。

「ダニマッ……コホン。ダニエル様はお会いになるのは初めてですよね？　彼女はクーパー伯爵家のエリザベス嬢ですわ」

　ダニマッチョと言いかけて、慌てて誤魔化した。

　ダニエル以外、リリアーナが彼のことをダニマッチョと呼んでいるのを知っているため、皆一様に苦笑いをしている。

「エリザベス・クーパーと申します」

　立ち上がって挨拶しようとするのをウィリアムが止める。

「今日は気安い者だけの茶会だ。気楽にしてくれ」

「ありがとうございます」

　言われた通り、エリザベスは着席したままお辞儀をするに留めた。

「エリザベス嬢は私達の噂を流したマイルズへ苦言を呈してくれたと聞いたよ。リリアーナのためにありがとう」

　ウィリアムがお礼を言うと、リリアーナが素っ頓狂な声を上げる。

「えっ！　そうだったんですの？」

「ああ、捕まえたマイルズから学園でのことを事細かに聴取した。その際に、エリザベス嬢のことも言っていたそうだ」

「そうでしたの……。エリー、ありがとうございます」

　リリアーナは自分の知らないうちにエリザベスが噂を止めようとしていたと知り、胸が熱くなった。

「友達なのだから当然ですわ」

　エリザベスはニッコリと笑う。

　今度何かエリザベスにお礼をしようと心に決め、リリアーナも感謝を込めた笑みを返した。

　皆の視線が温かいものになっていることに気付き、リリアーナははっとして話を戻す。

「あっ、えっと、こちらの彼女がダニエル様とお付き合いされている、ゴードン子爵家のクロエ嬢ですわ」

「クロエ・ゴードンと申します」

　クロエもエリザベスと同様に着席したままお辞儀をするに留める。

　昨年、留学生であったクリスが帰国する日、見送りをするリリアーナについていったウィリアムはエリザベスとクロエに会ってはいるが、その際会話を交わすことはなかった。

　ケヴィンはリリアーナの護衛なので、エリザベスのこともクロエのことも知っている。

「それにしても、口は禍の元とはよく言ったもんだよな」

「何ですの？　それは」

ダニエルの言葉にコテッと小首を傾げるリリアーナの頭を撫でながら、ウィリアムが説明する。

「『口は禍の元』。他国で戒めの言葉とされていてね。不用意な発言が元で思いがけない災いを招くことがあるから、言葉は慎むべきという意味を持つそうだ」

「確かにあのバカは、不用意な噂をばら撒いたお陰で身を滅ぼしたな」

どうでもよさげに言いながら、ケヴィンはテーブルのお菓子に手を伸ばす。

あのバカとは、マイルズのことである。

噂を流した元凶ということで、ヘイワード伯爵家から縁切りされたそうだ。

「そうですね。でも今回のことがなくても、近いうちに身を滅ぼしていたと思います。いや、むしろさっさと滅べ！」

エリザベスはマイルズに文句を言いに行った先でとても不快な思いをしていたせいか、かなり『滅べ』の部分に気持ちが込められているように思う。

「ちょっ、エリー様⁉」

『しまった』といった表情を浮かべるエリザベスと顔を青くするクロエに、ウィリアムが面白そうな顔で声を掛けた。

「エリザベス嬢、リリーからいつも話は聞いている。畏まらず、いつも通りに話すといい」

「あ、ありがとうございます」

エリザベスとクロエがホッとしたように顔を見合わせる。

「学園も辞めたらしいから、もう二度と会うこともないだろうよ」

ケヴィンが何でもないことのようにそう言った。

いずれにせよ、マイルズは家を追い出され、貴族ではなくなった。

今後は彼が散々バカにしていた平民として生きていかねばならないのだ。

この先の人生は、きっと茨の道へと続くのだろう。

「それはそうと、俺達が来る前には何を話していたんだ？」

ダニエルが隣に座るクロエに話し掛ける。

「リリ様のお兄様が婚約された話をしておりました」

「ああ、あれだろ？　確か『月明かりの庭園で愛の告白』ってやつ」

そう言ってお菓子に手を伸ばそうとしたダニエルに、クロエとエリザベスがくらいついた。

「「ダニエル様！　そのお話、もっと詳しく！」」

驚いたダニエルの手からカップケーキが滑り落ちた。

「な、何だ？　リリアーナ嬢から聞いたんじゃないのか？」

「リリからは出会いが『子ども達の家』だということは聞いたんだけど、リリってば肝心な部分は知らないって言うんだもの！」

拗ねたように言うエリザベスにクロエも頷く。

「市場に手を繋いで行ったことしか聞けませんでしたわ。イアン様とアマーリエ様の恋心がどのようにして通じ合われたのか、そこが大事ですのに」

「そうよ。恋愛小説を恋のバイブルと呼んで愛読しているなら、そこが一番大事だって分かるでしょうよぉぉぉぉ！」

嘆くエリザベスに、ケヴィンが気の毒そうな目を向ける。

「けどなぁ、嬢ちゃんにそれを望むのは酷ってもんだぜ？　その場に俺もいたが、俺ともう一人いた護衛にも手を繋げって言うくらいだからな」

「「「「え⁉」」」」

皆の目が『いや、それはないだろう』と物語っている。

「何かおかしなところがありまして？」

「いやいやいやいや、むしろおかしいところしかないでしょ⁉」

エリザベスのツッコミにも何がおかしいのかさっぱり分かっていないリリアーナ。

「やっぱ、嬢ちゃんおもしれぇわ」

そう言ってケヴィンは楽しそうに笑いながらリリアーナの頭を撫でるが……。

その手をものすごい勢いでガシッと掴んで捻り上げたのは、言わずと知れたウィリアムである。

「痛たたたたたた！」

「誰の許可を得て、リリアーナの頭を撫でるなどという愚行をしているんだ？　ん？」

「ギブギブギブ～～～！」

ドス黒いオーラを纏うウィリアムとギャーギャー騒ぐケヴィン。

少し離れた位置にいる護衛達は慣れているのか『またか』といった風に、その様子を黙って見ている。

「ウィル、もうその辺で……」

苦笑いを浮かべて止めに入るリリアーナに、ウィリアムは仕方なくケヴィンの腕を離した。

ケヴィンが「まじで骨折れると思った」と腕を擦っている後ろで、モリーが冷たい目をしながら呆れたように呟く。

「折ってほしくてわざとやっているとしか思えませんけど？」

「何だよ、それ。俺が変態みたいじゃねぇか」

「みたいじゃなくて変態でしょう？」

「お前なぁ、俺のことを何だと……」

ハァと大きく息を吐き出すケヴィンと何事もないような顔をしているモリーに、皆が呆れながらも楽しそうにしている。

最初はぎこちなかったものの、段々と普通に話が出来るようになっていくウィリアムに、リリアーナは安堵の笑みを浮かべた。

「けどまぁ、国内の優良物件と言われたリリアーナ嬢の兄君に婚約者が決まって、多くの令嬢達が悔しがっているらしいな。残る優良物件のホセ殿下とリリアーナ嬢の弟君だが、来シーズンは……考えるだけで恐ろしいな」

ダニエルの言葉に皆が何とも言えない顔をしている。

そんな中、何やらもじもじとしているエリザベスの様子に気付いたクロエが心配そうに声を掛けた。

「エリー様？　どうかなさいまして？」

エリザベスは少し恥ずかしそうな顔で話しだす。

「実はね、私もね、その……。け、結婚式の日取りが決まったの！」

「「エリー（様）、おめでとうございます！」」

嬉しい報告に、リリアーナとクロエは半ば叫ぶように手を叩いて大喜びである。

「それはいつですの？」

興奮したリリアーナが、エリザベスの肩をガシッと掴んでいる。

ウィリアムはそんなリリアーナの姿に目尻を下げており、ダニエルとケヴィンは苦笑を浮かべていた。

「リリ達の結婚式から二カ月後に、彼の領地の教会で式を挙げて本邸の庭園でガーデンパーティーを行う予定なの」

ガーデンパーティーと聞いて、リリアーナとクロエのテンションが更に上がる。

「素敵ですわっ！」

クロエが瞳をキラキラさせながらはしゃぎ、そんな彼女をダニエルが眩しいものを見るように目を細めて見つめている。

ダニエルの隣に座っていたケヴィンは、ハァと息を吐きながら小さく呟く。

「鼻の下、伸びきってんぞ」

慌ててそれを隠すように手で覆うダニエルを、ケヴィンは呆れたように見ながらテーブルの上に綺麗に並べられたお菓子へ手を伸ばした。

そしてそんなケヴィンを冷たい目で見下ろしながら、空になったカップに紅茶を注ぐモリー。

「何で、あなたが、お菓子を食べまくってい・る・の!?」

笑顔でこめかみに青筋を立て、ケヴィンのみに聞こえるような小声で注意する。

「何だよ、これだけあるなら俺が食ったっていいだろ？」

テーブルの上に並べられた美味しそうなお菓子の山を指差す。

「限度ってものがあるでしょ？　……お腹が出るわよ」

思わずサッとお腹に視線を向けたのは不可抗力だろう。

ケヴィンとモリーがコソコソと話している間にも、エリザベスの話は続いている。

「準備とかはまだまだ大丈夫なんだけど、大まかなことは今のうちに少しずつ決めていこうって話になって。それで彼と話しているうちに『あれもやりたい、これもやりたい』って盛り上がっちゃったの。もう結婚式っていうより何かのお祭りかって感じよ」

その時のことを思い出したのか、エリザベスはクスクスと笑いが止まらない。

そんな彼女は、誰の目から見てもとても幸せそうに見えた。

リリアーナとクロエは大喜びでエリザベスの話を聞いており、そんな二人をニマニマとした締まりのない顔で眺めている男が二人。

「女って、ガーデンパーティーとか教会の場所なんかにこだわるよな～」

ケヴィンの呟きは小さかったものの、リリアーナとエリザベスの耳には届いたようだ。

「何を当たり前のことをっ！」

キッと目を吊り上げて言うエリザベスに同意するように、リリアーナも声を上げた。

「そうですわ。結婚式は人生で一度きりの自分をプロデュース出来る日ですのよ？　教会はこんなステンドグラスのあるところがいいですとか、こぢんまりした教会でいいからお庭が広く美しいところがいいですとか、海の近くの教会がいいですとか、女性が憧れるシチュエーションはたくさんありますのよ？　それらの中から一つしか選べないのですからあれこれ吟味するのは当然……」

「リリーは海の近くの教会で結婚式を挙げたいのか？」

話の途中でウィリアムが焦ったように声を掛けてくる。

王族の結婚式は大聖堂でと決まっているのだ。

「え？　いえ、その、先ほど申しましたのは極々一般的な意見を述べただけですので、別に海の近くの教会を望んでいるとかではなくてですね？」

『誰か助けて』といった視線を向けるが、皆フイッとリリアーナから視線を逸らす。

「ええと、別に私はウィルとならどこで式を挙げようと構いませんので……」

こんな人目のある場所で、何を言わされているのか。

羞恥により真っ赤になって顔を両手で覆うリリアーナに、エリザベスは優しい顔でフォローを入れる。

「そうよね、結局はそれなのよ。色々な憧れはあるけど、一番大事なのは場所なんかより隣に誰がいるか、だもんね」

納得といったように頷きながらも、一瞬どこか寂しげなクロエの表情をダニエルは見逃(のが)さなかった。

　なぜ彼女はそんな顔をしていたのか。

　ダニエルはそれが気になり、まだまだ続いているリリアーナとウィリアムの騒ぎは耳を素通(すどお)りしていく。

　クロエだけを見つめているダニエルに、ケヴィンが小さく呟く。

「羨(うらや)ましかったんだろ」

「え？」

「親友二人の幸せを喜ぶ気持ちに嘘(うそ)はないが、何だか一人置いていかれるようで寂しく思ったとかじゃねぇの？」

　さすがは無類の女好き。エロテロリストと呼ばれるだけあって、女性の気持ちがよく分かるものだと感心すると同時に、感謝した。

「さすがだな。俺だけだったら一生分からないままだったかもしれん」

「まあ、あんたは脳筋だしな。……他の脳筋よりだいぶマシだけどな」

「うるせぇ、ほっとけ」

「んで、あんたはどうするんだ？」

「は？」

「いや、『は？』じゃなくて。彼女、寂しい気持ちのまんまでいさせる気か？」

ケヴィンに言われたダニエルは考える。

大切にしようと思ってはいるが、忙しさにかまけてまともなデート一つ連れていったことがない。

それでも嫌な顔一つせず、いつも笑顔で筋肉にいいとされる美味しいお弁当を作って訓練場へ通ってくれる彼女に、これ以上寂しい思いをさせる……？

いや、そんなこと出来るわけがない！

彼女がずっと隣で笑っていてくれる未来を想像し、それ以外の未来など必要ないと思った。

そして、彼女も同じ気持ちでいてくれたならと強く願った。

――何だ、もうとっくに自分の気持ちは決まっているじゃないか。

手放す気は更々ないのだ。

ならばとダニエルはいきなりクロエの前で跪き、彼女の手を取った。

「クロエ・ゴードン嬢、私と結婚してください」

突然のプロポーズにクロエは驚きで大きな目が更に大きく見開かれたまま固まっている。

何なら息も止めているように見える。

クロエだけでなく、ケヴィンとモリー以外の皆も驚いているようだ。

ケヴィンは腹を抱えて「やっぱ脳筋！」と失礼なことを言いながら爆笑中であるし、

モリーはそれを苦虫を噛み潰したような顔で諌めている。

急なことで花も指輪も何もない。

思い立ったら即行動とばかりにこんなムードも何もないプロポーズを、クロエは受け入れてくれるのだろうか。

やはり後日花と指輪を用意して、景色の良い場所かお洒落なレストランでした方が良かったのでは……。

脳筋故に、勢いに任せてプロポーズしてしまったことを若干後悔し始めたダニエルの手首に、何やらポタリと雫が落ちた。

恐る恐る顔を上げれば。

喜びに揺れるような笑みを浮かべたクロエが瞳からポタポタと涙を零し、その姿があまりにも綺麗で愛しくて……。

ダニエルはただただ見惚れていた。

「よろしく、お願いします」

震える声で承諾の言葉を紡ぐクロエに、リリアーナとエリザベスは立ち上がって大喜びする。

とてもありがたいが、それは淑女としてダメじゃないか？　なんて心の中で冷静にツッコミを入れながら、これは現実なのかそれとも自分の願望が見せる白昼夢なのか、ダニエルは一瞬わけが分からなくなった。

何度も瞬きを繰り返し、頬をギュッと抓ってみる。

……普通に痛い。

これは夢ではないのだと、ジワジワと胸に広がっていく喜び。

今はただ、この喜びをクロエに伝えたくて。だがうまく言葉が出てこなくて。

だからクロエを抱き寄せて、この手から零れ落ちないようにとギュッと抱き締めた。

「はぁ、至高の筋肉……」

ん？　今クロエがウットリとした口調で『至高の筋肉』と言った気がしたんだが？

聞き間違い、だよな？

思わず腕の中のクロエを見下ろせば花が綻ぶような可愛らしい笑みを向けられて、先ほどの呟きのことはダニエルの脳内からはすっかり忘れ去られていた。

……ああ、幸せだ。

目の前にはむさ苦しい男が、婚約者をデレッと締まりのない顔で抱き締めている。
一体何を見せられているんだ。

己のことは棚に上げて、ウィリアムはダニエルに呆れた視線を向けた。

「ダニー、一応おめでとうと言っておこう」

誰よりも信頼出来る幼なじみであり側近のダニエルが幸せを掴んだことは、素直に嬉しい。

美しい花々に囲まれた庭園に皆の楽しそうな声が響く。

ウィリアムは改めてリリアーナはもちろん、彼女の友達や部下など、今周りにいる者達に恵まれていると、幸せを噛み締めた。

苦しい思いもしたが、それがこの幸せに繋がっていたのだとしたら、あの苦しみも無駄ではなかったと、今ならそう思える。

この幸せが末永く続くよう、ウィリアムは願った。

FIN

番外編　正しいお強請りの仕方

『エイデンに折り入って頼みたいことがありますの』

その文言から始まる手紙を受け取ったのは、社交シーズン最盛期を少し過ぎたある日のこと。

可愛い可愛い姉からの手紙に、エイデンの返事はもちろん『イエス』である。

むしろ断る理由などない。

リリアーナは普段から何かお願い事をするということがほとんどと言っていいほどになかった。

しても精々美味しい食べ物やデザート、新しく出た恋愛小説や可愛らしい雑貨店巡りくらいのものである。

甘やかしたい願望の強いヴィリアーズ家の男達は、リリアーナの『お願い』に弱いのだ。

そこに兄のイアンではなく自分を頼ってくれたことが嬉しく、リリアーナに指定された日にいそいそと王宮へ向かったのだが……。

「姉様？　これは一体……」

連れてこられた先は随分と立派な部屋で、そこでは疲れた顔をした数名の事務官らしき者達が無表情で仕事をしていた。

そして奥の方には、やはり疲れた顔をしたウィリアム殿下の側近といわれるダニエルがいる。

「エイデン、あなたは私の自慢の弟ですわ。その優秀さを見込んで、こちらの方達のお手伝いをお願いしたいんですの」

「え？　いや、いきなりそんなことを言われても……」

「お願い、エイデン！」

困惑するエイデンの手を握り、リリアーナはうるうると瞳を揺らしてお願いしてくる。

——嗚呼、姉様がめちゃくちゃ可愛い!!

こんな風にお願いされてしまっては、答えはもちろん『イエス』しかない。

もったいぶって「仕方ないなあ」なんて答えてみれば、

「ありがとう！　エイデン大好き！」

そう言ってリリアーナは喜んで手を振りながら、なんと部屋を出ていってしまったのだ。

「……え？」

リリアーナも一緒に手伝うのではないのか？

無情にもパタンという音を立てて閉まる扉を見ていれば、ポンとエイデンの肩に誰かの手が乗せられた。

「じゃあ、早速お願いしようかな」

ダニエルだった。

エイデンに座るよう指示された机の上には、大量の書類が乗っている。

だが、他の事務官らしき者達の机にはもっと山の高くなった書類が乗っているのだ。

「いや、悪いな。こんな状態だから本当に来てくれて助かった。今日から一週間、よろしくな」

「はいぃ？」

一週間？　そんなの聞いてない！　とばかりにエイデンの目が見開かれている。

その顔を見れば、リリアーナが詳しい話をせずに連れてきただろうことは簡単に想像がつく。

「明日も朝からお願いするとして、それ以降は学園が終わってからでいいので、なるべく早くこちらに来てほしい。何か分からないことがあったらその都度聞いてくれ」

そう言って苦笑を浮かべたダニエルは、一番大きな書類の山が出来ている机に向かった。

それにしても先ほどのリリアーナ嬢のお願いの仕方は、何だかクロエと被って見えたような……。

ダニエルは疲れた頭でぼんやりとそんな風に思う。

実は今日の日のために、クロエより伝授された『正しいお強請りの仕方』であった。

今ではすっかり定着してしまったランチ時の特別室。

「ダニマッチョにお願いして、一日だけウィルのお休みを頂きましたの。その条件として、弟のエイデンをお手伝いという名の生け贄に捧げる約束を、彼に黙ってしてしまいまして……。とりあえず王宮へ来てもらうことには了承をもらいましたが、その後エイデンにどう説明したらよいか悩んでおりますの」

そう言って困ったように大きな溜息をつくリリアーナの手を握り、

「あら、詳しい説明などいります？　こうして『優秀なあなたの手をお借りしたいの。お願い！』とほんの少し瞳を潤ませて見つめればいいのですわ」

可愛らしい笑顔でコテッと小首を傾げるクロエに、エリザベスがドン引いている。

「私に出来ますかしら？」

「リリ様なら出来ますわ！　特にご兄弟とウィリアム殿下には絶大な効力を発揮させられ

ると思いますが、一つ注意して頂きたいのは『多用してはいけない』ということですわ。ここぞという時に用いるからこそ、効果がありますのよ？」

「勉強になりますわ！」

瞳をキラキラさせてクロエに尊敬の眼差しを向けるリリアーナに、

「ウィリアム殿下はきっと、そっちの勉強はしてほしくないと思うけどなぁ」

小さく呟いてフルーツタルトを頬張るエリザベスは、遠い目をしている。

その間にもクロエによる勉強会？　は進む。

「顎を少し引いて……引きすぎですわ。そこまで引いてしまうと、あからさますぎますの。そうならないギリギリのラインを攻めるのですわっ！」

「こ、こうかしら？」

「……そうそう、その角度ですわ。ほんの少しの上目遣いからの瞳うるうる……うるうるが足りませんわ。もっと瞳を大きく、瞬き禁止ですわ！」

「ぐぬぬ、瞬きしないことがこんなに大変だとは思いませんでしたわ。こ、これでどうかしら？」

「もう少しうるうるさせてもいいとは思いますが、リリ様にはこれくらいの方がいいかもしれませんわね」

「そ、そうかしら？　……よし、頑張って練習してみますわ！」

「頑張ってくださいませ。うまくいきますよう、応援しておりますわ」

二人の様子に呆れながらも、エリザベスは空気を読んで「一応私も応援しとくわ」と言った。

結果、このお強請りは成功したわけだが、ダニエルはいつもクロエにこんな風にお強請りをされている……のかもしれない。

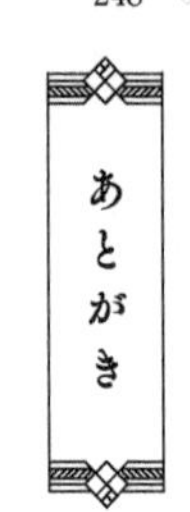

あとがき

こんにちは、翡翠と申します。

このたびは『小動物系令嬢は氷の王子に溺愛される』四巻をお手に取って頂き、ありがとうございます。

四冊目となる今回は『ウィリアム、氷に戻る』をテーマに書き上げてみました。

小さい頃にあった嫌な出来事や怖かったことって、案外ずっと覚えていたりしませんか？

私は今でもはっきりと思い出せるほどに記憶に残っていて、たまにふと思い出すことがあります。

子どもの頃の記憶力って、案外侮れないものですね。

作中のリリアーナが、怒りが収まらない時の解決方法をウィリアムに伝授していますが。

実はこれ、私が運転中によくやることだったりします。

無茶な割り込みをされてヒヤッとした時などに、

「だから出世しないのよっ！」

と叫ぶ私に、同乗している家族や友人達から「知り合い？」と聞かれ。

「全く知らない人」と言うと爆笑されます。

これをすることによってイライラを溜め込むことが少なくなったように思います。


いつも素敵なイラストを描いてくださる亜尾あぐ様、ありがとうございます！

そして嬉しいことに、今作と同月にコミックス一巻も発売されます。

コミックスを担当してくださるのは佐和井ムギ様で、そちらのリリアーナとウィリアムもとても魅力的に描かれています。

ぜひコミックスもお手に取って頂けると、翡翠の喜びの怪しい舞がさく裂いたします。

今作も無事に書き上げることが出来ましたのは、担当者様や翡翠の周りの皆様のお陰です。ありがとうございました。

最後に、お読み頂きました皆様に感謝を込めて。

少しでもほっこり楽しんで頂けたなら、幸いです。

それではまたお目にかかれますように……。

翡翠

■ご意見、ご感想をお寄せください。
《ファンレターの宛先》
〒102-8177 東京都千代田区富士見2-13-3
株式会社KADOKAWA ビーズログ文庫編集部
翡翠 先生・亜尾あぐ 先生

●お問い合わせ
https://www.kadokawa.co.jp/ (「お問い合わせ」へお進みください)
※内容によっては、お答えできない場合があります。
※サポートは日本国内のみとさせていただきます。
※Japanese text only

小動物系令嬢は氷の王子に溺愛される 4

翡翠

2022年1月15日 初版発行
2022年3月25日 再版発行

発行者	青柳昌行
発行	株式会社 KADOKAWA 〒102-8177 東京都千代田区富士見 2-13-3 (ナビダイヤル) 0570-002-301
デザイン	Catany design
印刷所	株式会社KADOKAWA
製本所	株式会社KADOKAWA

ISBN978-4-04-736892-7 C0193

定価はカバーに表示してあります。
◆◇◇

リリアーナ・ヴィリアーズ

伯爵令嬢。
美味しいものを前にすると抗えない…⁉

ウィリアム・ザヴァンニ

ザヴァンニ王国第一王子。
膝に乗せられたりあ〜んしてきたり…⁉

イアン

リリアーナの兄。

エイデン

リリアーナの弟。

ダニエル

ウィリアムの幼なじみ
兼補佐役